I0651840

A FILHA DO CABINDA

PORTO--IMPRENSA PORTUGUEZA, BOMJARDIM, 181.

ALFREDO CAMPOS
ROMANCE ORIGINAL

EDITORES--PEIXOTO & PINTO JUNIOR
119, Rua do Almada, 123
1873

ALFREDO CAMPOS
DAUGHTER OF CABINDA
ROMANCE ORIGINAL
PORTO
EDITORS - PEIXOTO & PINTO JUNIOR
119, Almada Street, 123
1873

PUBLISHED FIRST: 1873
REPRINT 2015 ISBN: 1-4330-8917-3

A FILHA DO CABINDA

PORTO--IMPRENSA PORTUGUEZA, BOMJARDIM, 181.

ALFREDO CAMPOS

A FILHA DO CABIDA

ROMANCE ORIGINAL

PORTO

EDITORES--PEIXOTO & PINTO JUNIOR

119, Rua do Almada, 123

1873

A SEUS

ILLUSTRISSIMOS E EXCELLENTISSIMOS TIOS

JOSÉ D'ALMEIDA CAMPOS

ANTÓNIO D'ALMEIDA CAMPOS E SILVA

e

JOAQUIM D'ALMEIDA CAMPOS

OFFERECE

ALFREDO LUÍS CAMPOS

Alfredo Luís Campos (Angra do Heroísmo, 19 de Março de 1856 — Angra do Heroísmo, 13 de Janeiro de 1931) foi um professor, escritor e jornalista açoriano de renome, que escreveu diversas obras para o teatro e volumosa colaboração em vários jornais, alguns do quais ajudou a fundar. Era professor de português da Escola Industrial e Comercial Madeira Pinto de Angra do Heroísmo. É autor, entre outras obras publicadas, da *Memória da visita Régia à Ilha Terceira*.

BIOGRAFIA

Era filho natural de Frederico Ferreira Campos, um importante político angrense de origem lisboeta, que entre outras funções, foi presidente da Câmara Municipal de Angra do Heroísmo, e de Maria Carlota Martins. Colocado na *roda*, apenas foi legitimado em 1859. Foi casado com Carlota Augusta de Sousa Pinto.

Foi o fundador dos jornais *O Heroísmo* (2. ° do mesmo nome), *O Lutador*, *O Industrial* e *Ateneu*, que redigiu, conjuntamente com Alfredo Pamplona Machado Corte Real, o primeiro; com Casimiro Mourato e João José de Aguiar, o segundo; e com vários jornalistas, o terceiro e o quarto.

Na ausência do Dr. José da Fonseca Abreu Castelo Branco, quando este foi eleito deputado, ficou, durante duas legislaturas, com a direcção política do jornal *Angrense*; colaborou nos jornais terceirenses *Artista*, *Voz do Artista*, *Luís de Camões*, *União*, *Gazeta de Notícias*, *Terceira*, *Imparcial* e *Liberal*, e no *Diário dos Açores*, um jornal editado na ilha de São Miguel.

Foi vogal da Junta Geral do Distrito Autónomo de Angra do Heroísmo, tendo na política um dos mais fiéis seguidores de Teotónio de Ornelas Bruges Paim da Câmara, o 1.º conde da Praia. Fez parte de diversas comissões encarregadas de organizar celebrações cívicas.

OBRAS PUBLICADAS

Alfredo Luís de Campos é autor de uma vasta obra dramática além de colaboração política dispersa por múltiplos periódicos. A lsita que se segue é muito incompleta:

>*Memória da visita Régia à Ilha Terceira*, uma crónica da visita de D. Carlos I de Portugal à Terceira em 1901.
>*Fidalgos e Plebeus*, comédia-drama em quatro actos, representada por amadores no Teatro Angrense;
>*Cenas da Vida*, comédia-drama em quatro actos, representada por amadores e pela actriz Carolina Santos;
>*Alda, a Filha do Sargento*, comédia-drama em quatro actos, representada pela companhia do actor Justino Marques;
>*O Segredo de Albertina*, comédia ornada de música com versos do jornalista e poeta António Casimiro Mourato;
>*Em Família*, comédia em um acto, ornada de música com versos de Azevedo Cabral;
>*Um Quarteto de Amor*, comédia em um acto.
>*O Dominó Vermelho*, comédia em um acto (estas três últimas produções foram representadas por crianças no Teatro Angrense).

O auctor.

Ex.^{mos} Tios e amigos.

A «filha do cabinda» é uma recordação singellissima de muitas, que conservo, de alguns annos passados, na formosa capital do vasto Imperio do Brazil.

Transcrevi-a do livro da minha memoria, para este que aqui vai, singello, despretencioso, sem flores e sem perfumes, unicamente no intuito de matar horas d'enfado e dias de melancholia.

Resolvido agora, e quem sabe se imprudentemente, a fazel-a correr mundo, nas azas da publicidade, lembrou-me collocar os seus nomes na primeira pagina, como pequenissima significação da muita estima e da muita gratidão, que devo a cada um.

Bem sei que muito fica da divida por saldar, mas quero, ao menos, mostrar-lhes, d'este modo, que não esqueço o muito que teem a haver dos sentimentos do meu coração.

Acceitem, pois, a offerta, que é singella, e avaliem-na pela intenção e não pelo que é.

Sempre

Sobrinho amigo e agradecido
ALFREDO CAMPOS.

A FILHA DO CABINDA

I

A filha do cabinda é formosa como a visão d'um sonho celeste; meiga como o canto do sabiá, poisado nos galhos do cajueiro, e ingenua como a virgem da innocencia.

O cabinda é negro, e negro de raça fina, mas é branca a sua filha, e filha, porque o velho escravo quer muito á senhora moça, que elle beijava e embalava no seu collo, quando era pequenina.

Revê-se n'ella, e n'ella se mira doido d'affeição o pobre negro, e tanto a gravou na ideia, tanto a traz no coração, que chega até a esquecer-se do trabalho, sujeitando-se ás reprehensões do seu senhor, para, insensivelmente, se entregar a scismar n'ella, que é tão bondosa, tão meiga e tão carinhosa para elle; n'ella, que, por uma destas illusões, d'estas miragens, d'estas doidices, d'um grande affecto e d'uma viva sympathia, chega a julgar realmente sua filha.

E *filha do cabinda* lhe chama elle.

O negro vivia na sua terra, alegre e feliz; lá tinha seus paes, a sua companheira, os filhos e a sua familia.

Um dia, não sabe como, achou-se com todos elles dentro d'um navio, que começou a affastal-o, cada vez mais, da sua patria. Passou assim algum tempo, entre as duas immensidões, o mar e o céo, sem sentir saudades da sua terra, porque levava ainda ao seu lado aquelles que lhe davam alegria. Depois, pozeram-o de novo em terra, levaram-o a elle e aos seus companheiros para uma grande casa, onde os brancos começaram a disputar o preço por que haviam de compral-os.

O cabinda foi vendido e quizeram leval-o.

Leval-o? E a sua companheira? e os filhos? e seus paes?

Esses, foram vendidos tambem, e cada um a seu senhor.

Tristissimo era o negocio da escravidão!

Reagiu o negro, quando o quizeram separar dos seus, e quando tambem os separavam d'elle.

Teve, então, saudades da sua patria, terriveis, sem duvida, porque eram, ao mesmo tempo, saudades da sua liberdade.

Fizeram-lhe, porém, estancar as lagrimas angustiosas as ameaças d'um açoite, e o Cabinda lá partiu, sem esperanças de tornar a vêr os filhos queridos, que nem sequer beijara na despedida, a esposa, que elle adorava com um culto rude, mas sincero, e os paes, que elle respeitava com a sua veneração selvagem.

Partiu, mas ainda assim, boa estrella o guiava, porque, cortando-lhe as affeições mais caras da sua vida, ao menos o levaram para onde tinha de ser estimado, quasi como pessoa de familia, e não como escravo e negro que era.

Em casa do seu senhor foi elle encontrar uma creancinha de dois annos, que tinha uns olhos lindos, os cabellos como os olhos, negros da côr do abysmo, e um rosto como o dos anjos d'um sonho de poeta, como o das fadas boas das visões nocturnas das mattas virgens.

A convivencia foi-o affeiçoando áquella creancinha, que lhe sorria tão innocentemente; que lhe estendia, alegre, os bracinhos mimosos, e, brincando, o abraçava carinhosamente pelas pernas.

O negro, quando via a pequenina Magdalena, sentia não sei que doçuras n'alma, não sei que effluvios no coração, mas que deviam ser gratissimos, porque os olhos desannuviavam-se-lhe logo das sombras de tristeza, que os velavam sempre, e os labios desatavam-se-lhe n'um sorriso de sincero e intimo jubilo.

E tomava-a no collo, sentava-se com ella á sombra das copadas tamarindeiras ou das laranjeiras em flor, cobria-a de beijos e affagos, entretecia-lhe corôas de jasmins e martyrios, e olhava-a, assim n'uma especie de adoração sublime e concentrada, talvez com a recordação nos filhinhos, que perdera, e que eram tambem pequeninos como a mimosa Magdalena.

Tinha dez annos a filha do cabinda, quando perdeu sua mãe.

Ficavam-lhe os affagos d'um pae estremoso e os carinhos do negro affeiçoado; mas que valia tudo isso? que valia a gotta d'agua para tão grande sêde? o atomo em face da immensidade desfeita?

O negro, que era dedicado á sua senhora, tanto como á pequenina Magdalena, esqueceu-se da sua condição de escravo, e arrojou-se, em um impeto de dôr e d'affecto, a entrar no quarto da moribunda, poucos momentos antes d'ella despedir o derradeiro alento.

Estava junto ao leito Jorge de Macedo, que era o seu senhor, embebendo em beijos lacrymosos o rosto da innocente, que ia em breve ser o seu unico encanto n'este mundo.

Os dois, pae e filha, assistiam angustiados ao desabamento d'aquelle edificio da sua ventura.

O cabinda entrou como perdido, olhou para Jorge com receio, com amor para Magdalena e foi ajoelhar-se, de mãos postas, junto ao leito da enferma, chorando como creança.

--Anda cá, cabinda, disse a moribunda, com voz amortecida, ao vêl-o de joelhos, alli, ao pé d'ella. Anda cá; vem vêr como se vai para o céo!...

--Que fazes, atrevido! exclamou Jorge a meia voz.

--Ah! meu senhor! a mãe do escravo é um anjo, e o negro quer despedir-se da sua senhora!

--Sahe, cabinda!

--Oh! não! não! supplicou este. O negro é escravo, mas o negro tem coração!

E abraçava a roupa do leito para abraçar a moribunda, chorava como doido, soluçando em desespero e supplicando com ardor:

--A mãe do cabinda ha-de deixar a sua filhinha e o seu parceiro, a chorarem saudades como o bemtevi do matto? Não, não nos deixes, mãe senhora!

--Papae, atalhou Magdalena, affagando as faces de Jorge, humedecidas pelas lagrimas; o cabinda chora, não trates mal o cabinda, que é nosso amigo.

--Oh! sim, sim! acudiu o preto. O cabinda quer muito á sua filhinha, quer muito á sua senhora e muito ao seu senhor! O negro tem alma e não tem familia a quem a dar. É, como a palmeira do morro, que não tem coqueiro ao lado.

--O negro é bom, meu Jorge, disse a doente a custo. E se te peço muito que fiques sendo a mãe da nossa Magdalena, não te esqueças tambem de que o cabinda a trouxe ao collo muitas vezes, quando era mais pequenina.

--Não esqueço, minha Beatriz! soluçou Jorge.

--E elle não ha-de ser mais nosso escravo, não, papae?

--Não, minha filha.

--Mas o cabinda, atalhou o negro, não quer deixar a casa do seu senhor, não quer viver longe da sua filha.

--Não, não nos has-de deixar, que nós somos todos teus amigos, acudiu a creança, affagando o escravo, emquanto Jorge dizia comsigo, no intimo da consciencia:

--O negro tem a côr do urubú, mas tem alma de pomba rola!

Horas depois, Beatriz, a esposa de Jorge, tinha entregado a alma ao Creador.

Jorge chorava, para um lado, profundamente ferido no coração, as dôres da sua viuvez. O negro e Magdalena soluçavam, abraçados, a perda da bondade da que tanto era mãe d'uma como anjo do outro.

Jorge conheceu, então, até onde ia a dedicação do seu escravo, a grandeza da alma do negro, e começou a olhal-o, a tratal-o e a querer-lhe, muito mais como a um membro da sua familia, do que como a um ente, geralmente visto com desdem, com indifferença e até com desprezo.

O cabinda perdera a sua familia, de que tão barbaramente o separaram, mas havia ganho muito pela sua dedicação.

Bastavam as festas e os sorrisos de Magdalena, de quem elle dizia sempre:

--Agora não tem mãe, é filha do cabinda!

II

O Botafogo é, sem duvida, o mais formoso dos formosos arrabaldes do Rio de Janeiro.

As aguas do vasto Guanabára, que, levemente onduladas, beijam constantemente a fimbria da purpura real da grande cidade, formam, n'aquelle retiro, um como lago de sufficiente superficie, que é orlado, em grande parte da circumferencia, de chacaras magestosas, com vistosos e immensos jardins, vegetação opulenta e luxuriante, e explendidos e poeticos panoramas.

Em 1859, Jorge de Macedo, negociante de café em grande escala, e, ao mesmo tempo, abastado capitalista, vivia no Botafogo, em um formoso palacete, circumdado de lindissimos jardins.

Magdalena, a filha do cabinda, n'esta epocha, em que principia a nossa narrativa, tinha desenove annos, e era a fada d'aquelle arrabalde do Rio de Janeiro.

O cabinda estava já entrado em edade, mas vigoroso ainda, e sempre dedicado.

Occupava-se o negro da limpeza das parasitas, que tentavam envadir as aleas dos jardins, e em algum serviço de Magdalena, sendo, de resto, tractado com toda a estima e amisade.

Magdalena exercia a profissão da caridade, não cuidando senão de dispensar a seu pae os carinhos e os affagos, que havia perdido na sua adorada Beatriz, e em dispensar, dos meios, que lhe abundavam, esmolas aos desgraçados e pobres.

Jorge dedicava-se aos seus negocios e á felicidade de sua filha, que elle adorava muito, fanaticamente até.

A chacara de Jorge de Macedo era um ninho de delicioso conforto, d'uma belleza invejavel, aonde não entrava nunca a sombra d'um desgosto, nem uma nuvem de desharmonia, pequenina que fosse.

Alli, senhores e escravos, brancos e negros, todos viviam em perfeita alegria.

Dos ultimos, porém, o mais querido, o mais estimado, o mais predilecto, sobre tudo de Magdalena, era inquestionavelmente o cabinda.

O negro tambem não abusava, e, diga-se a verdade, bem merecia elle de todos, mas de ninguem tanto, como da que elle chamava, e queria, e estimava como filha.

Era por uma tarde de maio, formosa e explendida. O sol doura, ainda, com os seus raios ardentes, os cumes do Pão d'Assucar, da Tijuca, do Corcovado, e a cupula de folhagem variada das arvores gigantes, que vestem os montes em volta do Rio de Janeiro.

Uma brisa, suave, mas tepida, empregnada de perfumes de flôres e de fructos, perpassa, branda, para o norte, agitando as palmas dos coqueiros e as largas, compridas e pendidas folhas das bananeiras e das palmeiras.

O sabiá trina ainda os seus modilhos deliciosissimos entre a ramagem mimosa d'uma jaboticábeira carregada de fructos, e o beija-flôr pequenino anda na sua peregrinação, voluvel sempre, e sempre rapido, deixando beijos nas flôres brancas do jasmineiro odorifero, ou nas flôres symbolicas do maracujá, que veste as paredes e os caramancheis dos jardins.

O céo está sereno e limpido.

Ao fundo da chacara de Jorge de Macedo ha um pequeno, mas formoso lago, coberto d'agua, que cáe, em monotono murmurio, da bocca d'um tritão de marmore fino.

Por traz, encostado ao muro, e voltado ao lago, ha um vasto caramanchel formado de tranças de cipós e de maracujás, carregadas de flôres e fructos.

Tem no meio uma meza de granito branco, e em volta assentos inglezes de madeira e ferro, talhados de modo que dêem ao corpo toda a possivel commodidade.

A atmosphera tem a côr avermelhada dos raios do sol, que desce a esconder-se no mar, e faz brilhar, com côres phantasticas, as azas, meio diaphanas, das borboletas iriadas, que volitam dos cafezeiros para as goiabeiras, e d'estas para os ramos dos pés d'araçás.

Magdalena, a formosa filha do cabinda, jantou e desceu aos jardins; andou só, pensativa, ora alegre, ora rapida, ora vagarosa, de canteiro em canteiro, colhendo pequeninas flôres, que ia juntando entre as paginas d'um livro, mimosamente encadernado.

Depois, lançou, atravez da gradaria de ferro, um olhar ao vapor da carreira, que passava em frente, atravessando o mar para o Rio, volveu-se passado um instante, e seguiu por uma alea, orlada de grandes jambeiros e pés de grumixama, em direcção ao lago, que jazia no fundo da chacara.

Magdalena era formosa, d'esta formosura, que desperta um culto sincero, uma adoração em que não entra um atomo de sentimentos menos dignos, d'esta formosura, em que se espelha e revela a elevação do espirito, a bondade d'alma e a magnanimidade do coração.

Aquelles olhos negros, scintillantes, orlados d'uma tenue sombra, e aquelle rosto, tão expressivamente angelico, estavam mostrando as flôres de ventura, em que se desataria o seu coração e a sua alma, para aquelle que um dia tivesse o supremo goso de a possuir.

Era magestosa no andar, elegante de fórmas, e simples no vestir, mas d'esta simplicidade, que dá realce, que encanta, attráe e enleva.

Como lhe fica bem aquelle vestido alvissimo, de fina cambraia, liso, desguarnecido, apertado apenas na cintura delicada por um grande laço de sêda azul clara!

Que belleza no modesto penteado dos seus negros cabellos, fartos e setinosos, formando apenas duas compridas tranças, que, cahindo-lhe pelas costas, se prendem, pela extremidade, uma á outra, ainda por um laço azul pequenino!

As pombas rolas, que andam aos pares, fallando amores na sua linguagem mysteriosa, levantam vôo com a approximação de Magdalena, que as segue depois com a vista, até as perder de todo; mas as borboletas de côres variadissimas, seguem-a contentes, como se já a conhecessem de ha muito, e andam inquietas, em volta d'ella, ora subindo, ora descendo, como que desejando beijal-a, mas temendo fazel-o, receiando maculal-a.

E ella lá vae vagarosa e muda, lançando, de quando em quando, um olhar ás flôres, que leva prêsas nas folhas do livro, talvez bem querido!

Chegou assim ao lago, debruçou-se n'elle como procurando vêr os peixinhos dourados, que o habitavam, e foi sentar-se encostada á meza de pedra, n'um dos bancos do caramanchel.

Era expressivo o seu rosto, porque estava desenhando os desejos que sentia dentro de si, e que ella mesma não podia comprehender.

Desejos vagos, mysteriosos, indefiniveis.

Conservou-se absorta durante dois minutos, mas como que acordando, depois, d'um sonho que a prendia, tirou as flôres d'entre as folhas do livro, collocou-as a um lado e pôz-se a lêr alto, com a sua voz meiga, seductora e angelical.

Era um livro de versos, era um livro d'amor, o que ella lia!

E tão prêsa estava com as phrases, que ia repetindo, tão scismadoramente como se em verdade as sentisse; tão distrahida estava de tudo, de todos e de quanto a cercava, que nem ouvia os gorgeios compassados d'um bemtevi, que a sua voz harmoniosa havia desafiado, occulto entre as folhas do ramo d'uma grande mangueira, que quasi se debruçava sobre o lago.

Chegou a um ponto da leitura e deteve-se suspirando. Depois repetiu ainda a quadra que acabára de recitar, e que dizia assim:

Suspiras, alma, n'um anceio languido?

Ninguem te affaga, perfumada flôr?

Ao sol as rosas da manhã desdobram-se,

E a brisa affaga-as com carinho e amor!

E fechou o livro e ficou a scismar, com os olhos negros e formosos, cravados, vagamente, n'um ponto do horisonte.

Passados instantes, encostou a face á mão, como que cedendo ao pêso d'um somno voluptuoso, e por fim deixou cahir o braço sobre a meza e o rosto sobre o braço, n'uma especie de somnolencia, sonhando, talvez, com as phrases do livro, que havia acabado de lêr, e que, sem duvida, a impressionaram ou lhe fallarám á alma.

As borboletas d'azas douradas, lá andavam em volta d'ella, como que embalando-a nos sonhos, que deviam esmaltar-lhe a somnolencia.

O sol havia-se já escondido o bastante para deixar a terra envolta nas sombras do crepusculo.

E a não serem os murmurios da brisa e os queixumes da agua, cahindo no lago pela bocca do tritão, nada mais se ouvia n'aquella hora da tarde, no retiro aonde repousava Magdalena.

De subito começou a fazer-se sentir um leve ruido. Eram as folhas seccas do chão, gemendo debaixo dos pés d'alguem, que se aproximava.

Quem seria?

As aves receiosas deixavam os seus asylos, architectados nos ramos das arvores frondosas, ante a passagem do ser que se aproximava.

Um minuto depois, um negro surgia junto ao lago.

Era o cabinda.

O preto deu com os olhos em Magdalena, parou e susteve a respiração, com mêdo de a acordar, mas nos olhos e nos labios brilhou-lhe logo um sorriso de verdadeira alegria.

--Oh! exclamou elle baixinho, é ella, a filha do cabinda!

E foi, pé ante pé, collocar-se de joelhos, junto á meza de pedra, em posição d'onde melhor podia contemplar a sua filha, e assim ficou sem despregar os olhos d'ella.

Era uma loucura aquella affeição do negro!

III

O cabinda permanecia alli, como o verdadeiro crente, em face do altar do Christo crucificado.

Magdalena prendia-lhe os sentidos, absorvia-o completamente.

A cada respiração, a cada ondulação do seio da virgem, extremecia elle e abria mais os seus grandes olhos, n'uma expressão alternativamente de receio e de esperança, que ella acordasse.

Por fim, Magdalena estremeceu e levantou de subito o rosto formosissimo. O seu olhar meigo e deslumbrante foi encontrar o negro ajoelhado, com os olhos pregados n'ella.

--Ah! és tu cabinda?

--O negro, senhora moça!

--E que fazias ahi de joelhos?

--Olhava para a minha filha, que dormia...

--E que sonhava tambem, cabinda. Tu nunca sonhas, quando dormes?

--Sonhar? repetiu o cabinda. Á noite, quando o negro se deita, e faz escuro em volta d'elle, o cabinda vê a sua senhora, que foi para a terra do Pai dos brancos; vê a senhora moça muito contente, com a cabeça cheia de rosas lindas, e o senhor a dar muitos beijos n'ella. E o cabinda lembra-se, tambem, dos seus filhos e da sua companheira, e chora de noite lagrimas no escuro.

--Coitado!

--Oh! mas o cabinda é alegre, como o jacaiol da floresta, quando a sua filha ri e falla ao negro!

--Pois olha, meu amigo, estou agora muito triste... muito!...

E Magdalena ficou como que embebida n'uma ideia que a dominava, com o rosto em visivel expressão de melancholia.

--E que tem a senhora moça? perguntou o negro com anciedade e receio. O cabinda não a quer triste; as arapongas que chorem, quando o caçador as ferir.

--Nem eu sei o que tenho. Vamos andando que eu conto-t'o.

E tornando a prender as flôres entre as folhas do livro, seguiu, acompanhada pelo negro, uma das aleas oppostas áquella por onde tinha chegado ao lago.

Magdalena ia vagarosa e pensativa; o negro, ao lado d'ella, caminhava abstracto de tudo, sem vêr mais nada.

Que magestoso quadro aquelle!

Magdalena era o anjo meigo e deslumbrante, da mocidade cheia d'explendores, a que sorriem todas as esperanças, e para o qual todos os horisontes são vastos, largos e floridos!

O cabinda era o velho escravo, fiel e dedicado, capaz de tudo para salvar a vida dos seus senhores, saltando de contente com dois affagos e humilhando-se submisso á menor reprehensão.

Os dois caminhavam a par.

Era n'essa hora mysteriosa dos esponsaes do dia com a noite.

Por sobre as suas cabeças arqueava-se, verdejante, o docel das jaqueiras, d'um lado, e dos ramos frondosos das mangueiras, do outro. As aves já se haviam retirado aos gratos asylos.

--Tu sabes o que são saudades, cabinda? perguntou Magdalena ao negro.

--Saudades? repetiu elle, scismando na resposta.

--Sim.

--Sei, senhora moça. É ter o negro a alma a doer muito, como á pomba rola, quando lhe tiram os filhos, ou o parceiro do ninho do matto.

--É isso. Pois olha, eu tenho saudades, e não sei de quê. Sinto a alma a pedir-me uma coisa, que eu não comprehendo, e arde-me o coração em desejos loucos, mas desconhecidos. Quero, e não sei o que quero; desejo, e pergunto o que desejo. Não me falta nada, porque, graças a Deus, sou rica; não ha vontade nem capricho que o papae me não satisfaça, e, olha, apesar de tudo, não vivo contente. De tarde, sempre que chega esta hora, sinto um peso na alma, que eu não sei de onde vem, nem para quê. De noite, então de noite, sonho muito e tenho saudades d'esses sonhos quando acordo. Vejo ao meu lado um rosto que me sorri, uns labios que me dizem coisas que ninguem ainda me disse, coisas bonitas, doces e encantadoras; umas mãos que me fazem festas, que me alisam os cabellos e m'os enfeitam de flores, e uns olhos que me olham muito, e que penetram até dentro do meu coração. Mas depois acordo, desapparece o sonho, vejo-me só, e tenho saudades, cabinda...

O negro, se bem que nada comprehendera de tudo quanto lhe dissera Magdalena, é certo que o havia adivinhado, porque acudiu rapidamente, apenas ella acabou:

--É a alma do branco que vem fallar á alma da senhora moça.

--Do branco? perguntou Magdalena, com ar de quem não comprehendia.

--Do branco, sim. A onça do cannavial e o jabirú das lagôas teem o seu parceiro, como tinha o cabinda, quando veio da sua terra. E a senhora moça, vê o branco nos sonhos, como o cabinda vê a sua parceira e os filhos, mas o branco não apparece.

--Não te entendo, cabinda, acudiu Magdalena, scismando no que o negro lhe dizia.

--O mal da senhora moça é aqui, disse o cabinda, indicando no peito o logar do coração. O branco que a minha filha vê á noite, quando dorme, é que ha de vir cural-a.

--Como?

--Não sei.

--Quando?

--Elle virá. O negro tambem tinha isso, lá, na sua terra. No matto, no cannavial, quando o negro andava á caça, e no rio, quando dormia dentro da sua canôa, o cabinda não tinha a sua parceira, mas o negro via-a sempre. E um dia a parceira do cabinda appareceu, e o negro não soffreu mais, nem tornou a chorar.

Magdalena continuou vagarosa ao lado do negro, mas visivelmente melancholica e pensativa, talvez com o que elle acabava de dizer-lhe.

Estava ella na idade em que o coração começa a desabrochar as primeiras flôres e a sentir os primeiros desejos. Tinha algumas vezes ouvido fallar d'amor ás suas amigas; vira umas alegres, tristes outras, umas cheias de enthusiasmo e ventura, outras soffredoras e melancholicas, e ella sempre indifferente a tudo, sempre sem lhes ligar outra importancia mais do que a que nascia da sua amisade. Nunca um homem lhe rendera uma fineza, nunca um homem lhe dardejára um olhar expressivo; e se algum o fizera, Magdalena ou não o viu ou não o comprehendeu.

Agora, sim. Agora, as saudades de que fallava; os sonhos que lhe floriam ás noites, ou lhe esmaltavam o repouso, eram os traços claros dos desejos, que tinha na alma e no coração, de amar e ser tambem amada, de gozar os dulcissimos effluvios do sentimento, que lhe irrompia no peito.

Tinham chegado assim ao terreiro, que havia na rectaguarda do palacete, para o qual se descia por uma escadaria de pedra, no extremo de uma vasta varanda.

Jorge de Macedo estava de pé, no topo das escadas, fumando um charuto, e n'uma attitude de quem esperava alguem.

Magdalena, apenas o viu, desatou a correr e exclamou:

--Ah! o papae!

O negro ficou só, e Jorge sorriu-se, dizendo:

--Olha que te canças, doidinha!

A filha do cabinda transpoz rapida o espaço que a separava de Jorge, e apenas se achou junto d'elle, fez dos braços um collar, com que lhe prendeu o pescoço, e começou a cobril-o de beijos carinhosissimos, a que elle correspondia em visivel expressão de jubilo e de ventura.

Eram os beijos da flor ao tronco onde nascera! eram os affectos gerados pelos laços mysteriosos do sangue!

Que beijos aquelles! que affecto se não desdobrava alli!

--Mausinho, que me deixou hoje jantar só, queixou-se ella com fingido agastamento.

--Tive muito que fazer, filha. Mas déste o teu passeio até ao lago, não?

--Dei, papae, acompanhou-me o cabinda.

O negro chegava n'este momento, diringindo-se a Jorge:

--A sua benção, meu senhor!

--Adeus, cabinda.

--E amanhã?... perguntou Magdalena, sorrindo com intenção.

--Amanhã...

--É dia de festa; faz o papae annos e havemos de jantar muito alegres! atalhou ella.

--Muito. E vais ter hospedes.

--Hospedes? interrogou com curiosidade.

--Sim. Convidei o guarda livros, e os caixeiros; vem toda a gente do armazem.

--Oh! que alegria vai ser a nossa, não é verdade, papae.

--Grande, minha filha, porque é de ti que ella vem.

E deu-lhe um beijo, onde ia impressa a sua alma e o seu amor de pae extremosissimo.

Magdalena foi, porém, a pouco e pouco, perdendo aquella alegria com que havia acariciado Jorge, e tornando-se pensativa, absorta, e como que esquecida de onde estava e com quem estava.

O negro, do extremo opposto da varanda, tinha os olhos fitos n'ella com a avidez de quem parecia estar estudando-a.

Que nuvens, embora tenues, eram as que assombravam melancholicamente aquelle rosto tão formoso d'aquella mulher anjo?

Que pensamentos lhe agitavam a mente, para que soffresse aquella passagem suave do alegre para o triste?

O cabinda havia-lhe dito que o branco a curaria, e ella pensava n'isso, lembrando-se dos hospedes que ia ter ao jantar, no dia seguinte.

Eram as alvoradas do coração; eram os pressentimentos do que ha de vir!

E scismando n'isso, ia esquecendo-se de tudo, quando Jorge a accordou:

--Esqueces o piano, Magdalena?

--Não, papae; esperava por si.

--Vamos, então.

--Vamos.

E tomou a mão a Jorge, e recolheram-se ambos alegres e contentes.

Pouco depois, o piano gemia, debaixo dos formosos dedos da filha do cabinda, uma *reverie* de deliciosissimas harmonias, d'estas que levam presas, nas suas azas, o espirito até ao céo.

Jorge ouvia-a n'um extase.

Sentado nas commodas almofadas d'uma cadeira estofada, tinha os olhos pregados no rosto da filha mimosa, da filha, que era o seu anjo, o seu encanto, a sua vida, a sua felicidade mais completa, mas alava o espirito ás regiões celestes, nas ondas d'aquella musica, onde, n'uma especie de mystificação, estava vendo a sua adorada Beatriz, a esposa queridissima, que a morte desapiedada lhe arrebatára tão cedo dos braços!

O cabinda, no entanto, jazia no extremo da varanda, que deitava sobre o terreiro, dizendo comsigo a meia voz:

--Os brancos veem amanhã; o mulato virá tambem. Cabinda, a senhora moça é tua filha!

IV

Vai em meio o jantar, no dia seguinte.

A animação é completa, e viva, sincera e espontanea a alegria, que referve em cada conviva.

É que alli não ha superiores nem inferiores, não ha grandes nem subordinados; ha uma familia festejando os annos do seu chefe estimado e querido, que só como pessoas de familia, olha Jorge para as que tem sentadas em volta da sua meza.

Magdalena preside á festa, como o anjo bondoso e meigo d'aquelle lar, onde só ella é sol, que tudo aquece e vivifica, cuidando pouquissimo de si e tudo dos outros.

Está esplendida de formosura! deslumbrante de encantos!

Tem nos olhos a vivacidade de alegria intima, e os esplendores da belleza d'alma; no rosto a sympathia que fascina, e nos modos a doçura que captiva.

Veste um vestido de sêda côr de flôr d'alecrim, simples, mas elegantemente enfeitado, honesta e delicadamente aberto no seio, onde vem cahir, pendente d'um formoso collar de pequeninas perolas, uma medalha cravejada de brilhantes. Os cabellos, aquelles cabellos negros, tão feiticeiros, pendem setinosos em lindissimos cachos, ornados apenas d'uma perfumada rosa branca.

Jorge cedeu as honras da festa á filha querida, que occupa a cabeceira da meza, occupando elle o primeiro lugar na face direita, á direita de Magdalena.

Segue-se-lhe o guarda-livros, rapaz de 25 annos, portuguez, sympathico, elegantemente trajado, meigo no fallar e polido nas maneiras.

Do outro lado, em face d'estes, estão o primeiro caixeiro, mulato brazileiro, de rosto duvidoso, olhar que pouco lhe favorece o caracter, e modos apparentemente delicados, e os outros empregados do armazem, que não merecem menção especial.

Falla-se alegremente; discute-se com placidez.

Magdalena, a todos attende e não esquece nenhum. De si é que ella cuida pouco.

Entre os serventes nota-se o cabinda. O negro anda entalado nas dobras d'uma gravata branca, cujo laço fôra feito pela sua filha, e veste uma roupa nova de pano preto fino. Anda doido d'alegria, ebrio com a alegria da sua filha.

O negro lança todavia, de quando em quando, uns olhares de expressivo despreso ao mulato que janta, e volve-os depois para Magdalena, como que dizendo-lhe:

--Foge d'elle!

O guarda-livros, que se chama Luiz de Mello, e o mulato caixeiro, de nome Americo de Abreu, olham tambem a seu turno para Magdalena e depois um para o outro.

Ella, porém, a formosa filha do cabinda, parece prestar mais attenção a Luiz, sem que por isso deixe de ser delicada com todos os outros.

Os pratos teem-se succedido, os copos esvasiado algumas vezes, e tanto se tem comido como fallado.

A alegria assentou-se com os convivas á meza d'aquelle festim.

Começam as sobremezas e vão principiar os brindes.

Magdalena é a primeira. Está porém, um pouco acanhada em presença dos seus hospedes porque tomando o calix, vieram colorir-lhe o rosto duas rosas de purissimo rubor.

--Quero ser a primeira, disse ella, porque sou filha. Brindo aos seus annos, papae.

E levou o calix aos labios, mas mal provou o vinho.

--Acompanho a V. Ex.ª, acudiu Luiz, desejando com ardor que d'aqui a muitos annos os possa brindar e festejar, tão alegre e tão feliz como hoje.

--Do mesmo modo, repetiram os outros.

--Obrigados, meus amigos. Agradecido, filha.

E Jorge levou a seu turno o calix á bôcca, continuando depois:

--Agora, Magdalena, á saude dos nossos hospedes...

--E, ajuntou Luiz, á felicidade da filha de V. Ex.ª, fazendo, todos nós, sinceros e ardentes votos, para que um bom anjo a proteja sempre, a ella, que nos recebe aqui como irmã nossa, e irmã muito affectuosa.

Magdalena tornou a ruborisar-se, olhando para Luiz com olhos de reconhecimento, e respondendo-lhe:

--Obrigada, meus amigos. Faço o que devo e menos do que merecem.

--Á felicidade de V. Ex.ª, brindaram todos.

--Obrigado, agradeceu Jorge pela filha.

E o jantar seguiu, e os brindes continuaram.

Luiz olhava cada vez mais para Magdalena, e é certo que encontrava sempre os olhos d'ella pregados nos seus.

Americo analysava aquillo, e o cabinda analysava o mulato.

No entanto, a alegria ia ganhando de intensidade, porque os convivas d'aquelle festim intimo e familiar de Jorge e sua filha, iam perdendo, sem sahirem dos limites do respeito, um resto de acanhamento que a franqueza do capitalista e a bondade da filha do cabinda não poderam de todo dissipar.

Os negros e serventes, tinham por sua vez festa no aposento destinado á sua refeição.

O cabinda, porém, lá chegava, de quando em quando, para, com a sua prudencia, e digamos mesmo, bom senso, impedir excessos e pôr obstaculos a abusos.

Estava a terminar o jantar. Já se fallava muito e nada se comia.

Jorge levantou-se então, e, tomando uma garrafa de finissimo vinho do Porto, dirigiu-se aos seus convidados:

--Vamos ao ultimo brinde.

E encheram-se os copos.

--Bebo, não só á saude e á prosperidade d'aquelles que chamei hoje a minha casa, como pessoas a quem estimo e considero, mas bebo tambem á saude das suas familias ausentes.

--Agradecidos, senhor, accudiram todos.

--A sua mãe, senhor Luiz, brindou Magdalena.

--Mil vezes grato, minha senhora, respondeu elle, vivamente impressionado.

--Agora, para de todo terminarmos esta festa, proseguiu Jorge, e d'ella ficar uma lembrança aos amigos, que aqui tenho em volta de mim, lembrança tão grata, quão grande foi a alegria que me porporcionaram, declaro ao senhor Luiz de Mello e ao senhor Americo d'Abreu que deixam, desde este dia, de ser, um, meu guarda-livros, e meu caixeiro o outro, para se considerarem meus socios nas transacções da minha casa. Não esqueço os outros, que trabalham para a minha prosperidade, e fica desde já o meu socio e amigo Luiz de Mello, encarregado de lhes augmentar os ordenados. Minha filha festejou-me os annos, collocando-os em volta d'esta meza, eu commemoro-os d'este modo, esperando que recolherão assim mais contentes.

--Como é bom, papae! murmurou Magdalena.

Houve então uma verdadeira chuva de agradecimentos, que é desnecessario pintar, e da alegria passou-se ao enthusiasmo, quasi ao delirio.

Luiz levantou-se pallido e tremulo de commoção, mas extremamente sympáthico, e dirigiu-se a Jorge:

--Se V. Ex.ª me confunde com a grandissima distincção, com que acaba de honrar-me, chamando-me seu socio, por muitos titulos me honra mais, e mais me confunde ainda, dando-me o nome de amigo, para a conservação e engrandecimento do qual, não deixarei nunca de empregar todos os meus esforços.

--Obrigado, respondeu Jorge, apertando-lhe a mão.

E dispunha-se a deixar a meza.

N'este momento, porém, entrava o cabinda, trazendo pela mão uma negrinha de 10 annos, que o negro foi apresentar-lhe.

--Que é isso, cabinda?

--A Belmira traz ao seu senhor as flôres dos negros, porque o cabinda e os seus parceiros tambem festejam os annos do pae da senhora moça, respondeu o negro, em quanto a pretinha offerecia a Jorge um lindissimo ramo de mimosas flôres.

--Obrigado, Belmira, obrigado, cabinda, disse o capitalista, affagando a creança. E tu, Magdalena, ficas encarregada de ir agradecer a todos, em quanto vamos para o jardim esperar o café.

--Como és nosso amigo, cabinda! disse Magdalena.

E foi assim que terminou o jantar.

Jorge e os convivas desceram para o jardim.

Magdalena foi agradecer em nome de seu pae a lembrança dos escravos.

O cabinda seguia-a com os olhos, a faiscarem alegria, gritando como doido:

--O branco veiu, senhora moça; o branco é bom e gosta da minha filha!

Americo, descendo para o jardim, approveitava um momento, em que só Luiz podia ouvil-o, para lhe dizer, com certo ar de cynismo;

--Temos ambos igual quinhão no negocio: agora veremos quem leva a filha!

V

Pouco depois era servido o café.

Jorge e Americo, tomavam-o, conversando sentados em duas pittorescas cadeiras de bambús, á entrada de um formoso caramanchel de trepadeiras floridas.

Os caixeiros mais novos passeiavam pelo jardim e pela chacara, gosando a liberdade, que lhes era concedida, desforrando-se da prisão quotidiana, e do serviço quasi aturado do armazem.

Magdalena, a formosa filha do cabinda, andava de canteiro em canteiro, mostrando a Luiz de Mello as suas flôres; apontando, deslumbrante de candidez, as particularidades de cada uma, a idade e a procedencia, com a convicção de quem conhecia alguma coisa de botanica, e um tanto orgulhosa dos cuidados, que empregava com as predilectas suas irmãs.

Luiz segui-a e ouvia-a como fascinado, parecendo-lhe mais que estava passando por um d'estes magicos sonhos de delicioso encanto, que tantas vezes embalam a imaginação juvenil, do que assistindo á realidade de vêr e ouvir ao seu lado um anjo, esplendoroso d'encantos, e suavissimo d'harmonia nas fallas.

--Olhe, dizia Magdalena alegre, radiante e sempre formosa; olhe este pé de *suspiros*. Não é tão, bonito?

--Formoso, minha senhora.

--E estas *saudades*, não são tão lindas?

--Muitissimo. Saudades... as flôres symbolicas dos que soffrem; dos que, como eu, longe da patria, aonde deixaram a familia, vivem na esperança de lá voltar, sem terem, comtudo, n'ausencia d'ella, um affago, que lhes adoce a aridez do trabalho; um carinho, que lhes lisongeie o sentimento, um consolo n'este correr da existencia, isolado, monotono e, por muitas vezes, triste.

--O senhor Luiz tem muitas saudades da sua terra, tem?

--Se tenho!...

--Tambem eu as sinto! disse Magdalena com ar melancholico.

--Saudades, minha senhora?! perguntou Luiz admiradissimo.

--Sim, admira-se?

--E com razão. Pois V. Ex.ª, cercada de todas as commodidades da vida, dos extremos e affagos d'um pae, que é mais que muito carinhoso; nova, formosa, permitta-me V. Ex.ª esta verdade; vendo realisados todos os desejos, satisfeitas todas as vontades; V. Ex.ª, que é, que deve realmente ser muito e muito ditosa aos olhos de toda a gente, e aos olhos proprios, confessa que sente saudades, e não ha de querer que eu, exilado, sem familia, sem estes nadas da vida, que a dulcificam e embellezam, me admire e espante d'essa confissão?

--Que quer? Tenho-as, sim, mas tambem não sei de que, para lhe fallar a verdade.

--Comprehendo. N'esse caso melhor será que V. Ex.ª diga antes que tem desejos... E emfim, quem sabe? Na idade de V. Ex.ª, na idade florida dos amores, dos enthusiasmos, das alegrias, das expansões e dos sonhos formosissimos, ha sempre, póde pelo menos haver, muita vez, algumas d'essas melancholicas florinhas, que são, então, como pequeninas nuvens no azul d'um céo estrellado e deslumbrante.

--Não é isso, disse Magdalena levemente contrariada. Não é isso, porque eu nunca amei.

--Ah! V. Ex.ª nunca amou?

--Nunca, pelo menos que eu saiba, respondeu ella ingenuamente.

--Mais um motivo para eu crêr que o que V. Ex.ª tem, são desejos de amar e ser tambem amada.

--Talvez, accudiu Magdalena córando, e pregando em Luiz os seus negros, grandes e formosos olhos.

--E acreditaria V. Ex.ª no amor do primeiro homem, que ousasse render-lhe um culto, confessando-lhe esse sentimento?

--Conforme. O coração é que havia de decidir.

--E o coração de V. Ex.ª não lhe diz nada? não lhe lembrou ainda um nome? um homem, a quem tenha de dar as perolas valiosissimas do seu affecto?

--Já.

Luiz estava pallido e tremulo de commoção.

--Oh! se fosse eu!... murmurou elle.

--Que tinha! era muito feliz, era?

--Se era, minha senhora! muito! muito!

--E amava-me? perguntou Magdalena anciosa, e um tanto agitada.

--Oh! com delirio até!

--Pois então não dê a mais ninguem o seu amor, porque... eu tambem o amo muito!

E a formosa filha do cabinda olhou para todos os lados como receiando que alguem a ouvisse.

Creança!

Que commoções a não abalaram n'aquelle momento! que agitação n'aquelle seio tão estreito, agora, para as ondulações do coração, que tantas flôres estava desabrochando!

Era a primeira vez que lhe fallavam d'amor! era a primeira vez que um homem a impressionava.

O que ella viu, o que ella sentiu, era o Paraiso com as bellezas deslumbrantissimas dos seus vastos e perfumados jardins! era o céo com todas as harmonias das suas orchestras, afinadas pelos dedos dos anjos!

Luiz esqueceu-se da patria, da familia, das saudades, que tinha por uma e outra, e começou, n'uma como visão phantastica, a vêr diante de si um horisonte illimitado de felicidades sem fim!

Que dia aquelle! que dia tão venturoso! D'um lado os beijos carinhosos da fortuna, do outro, as flôres magicas do amor d'um seio de virgem!

Eram tão violentas as commoções que o abalavam que apegas poude murmurar:

--Juro-lhe que a hei de amar eternamente! mas supplico-lhe que não me engane nunca!

--Nunca! prometto-lh'o pela memoria sagrada de minha mãe!..

E embebidos nas doçuras, nos enthusiasmos d'este colloquio, que jámais devia ser esquecido Luis e Magdalena tinham-se affastado um pouco para um dos angulos do jardim.

Sentaram-se como que machinalmente.

Magdalena voltava e revoltava entre as suas mãos mimosas e pequeninas um viçoso suspiro; Luiz aspirava o fumo d'um delicioso charuto bahiano, e arrojava depois ao espaço as ondas azuladas, as nuvens pequeninas do fumo aspirado.

Os pés dos jasmineiros floridos impregnavam a atmosphera de perfumes que inebriavam.

E o pôr do sol, o cahir das primeiras sombras do crepusculo da tarde, começavam a pesar na alma d'aquelles dois namorados, estremosos como duas juritys.

--Parto d'aqui a pouco, minha senhora, disse Luis olhando com saudade para Magdalena.

--Mas ha de vir ver-me sempre que poder; sim?

--Sempre que não haja quebra de conveniencias.

--Conveniencias? interrogou Magdalena.

--Sim, minha senhora. Bem vê V. Ex.ª que a minha presença muito frequente n'esta casa, póde despertar suspeitas, e eu não desejo, nem devo desgostar o senhor Jorge de Macedo, que apesar de estimar-me muito, talvez não approve esta affeição, que começa a prender-nos hoje.

--Ha de approval-a, basta que eu lhe diga que o amo.

--Em todo o caso não a descubra V. Ex.ª por ora, não?

--Não.

---E se um outro homem, um homem qualquer se dirigir a V. Ex.ª, ou se mesmo seu pae lhe apontar algum, como digno de partilhar do nome da sua familia?

--Despedil-o-ei.

--Agradecido, minha senhora.

--E olhe, quando não possa vir vêr-me, dê-me ao menos noticias suas, sim? Fico com tantas saudades e com tantas lembranças d'este dia!

--Tambem eu as levo. Mas por quem lhe heide dar as minhas noticias?

--Pelo cabinda. O negro quer-me muito; bem sabe que sou a filha d'elle.

--Muito bem. Agora retiro-me que são horas. Levo-a a V. Ex.ª gravada nos olhos, e no coração.

--Faça-me ainda uma coisa, faz?

--Tudo, minha senhora.

--Deixe as *excellencias* com que me trata e mostre-me mais confiança.

--Seja. Era essa a minha vontade. Adeus... Magdalena.

--Até breve... Luiz!

E apertaram-se as mãos n'uma effusão de grandissimo sentimento, e separaram-se depois, saudosos ambos, ambos melancholicos e impressionados.

Americo e os outros empregados do armazem partiram tambem.

Jorge deixou depois a filha e sahiu.

Magdalena ficou só.

Nas salas havia aquella meia escuridão da hora melancholica da transição do dia para a noite. No céo já brilhavam, formosas, algumas estrellas.

Magdalena foi sentar-se ao piano. Não ia tocar, ia fazer mais, porque ia gemer saudades com aquelle amigo.

As harmonias que encheram a sala eram suaves e melancholicas; casavam-se em tudo com o que ella estava sentindo, e transportavam-a a mundos onde nunca tinha subido.

As mãos formosas e delicadas premiam suavemente as teclas de marfim, mas o seu espirito só via uma imagem, aquella musica só lhe repetia um nome:

--Luiz.

E tão embebida estava, tão embrenhada jazia n'aquelle sonho que a dominava, que nem sequer deu pelo cabinda, que surgiu cautelloso a uma das portas.

O negro parou n'uma contemplação, que era a maior prova do seu culto por Magdalena. Mas ao vel-a assim tão preoccupada, ao parecer-lhe triste, approximou-se carinhoso e disse, com toda a sua affeição a transparecer-lhe na voz:

--Ainda está triste a minha filha?

Magdalena como que accordando d'um sonho respondeu:

--Não, cabinda. Agora penso na felicidade.

--E o branco?

--Tenho-o aqui, respondeu, indicando o coração.

--Mas a senhora moça é ainda a filha do cabinda!

--Sou, sim; tu és meu amigo, e elle... elle amo-o muito!

VI

Vai um pouco adiantada a noite.

A lua dardeja os seus raios de prata nos morros da Tijuca, do Pão d'Assucar e Corcovado, e côa a sua luz pallida pelos intresticios da vegetação luxuriante dos arrabaldes do Rio de Janeiro.

Que noite formosa!

Prendem-se as estrellas umas ás outras pelas suas palhetas luminosas, e bordam, como brilhantes de subido valor, o manto azul da vasta abóbada do céo.

Dormem as aves ao som do murmurio suave das auras, que perpassam entre a ramaria das arvores alentadas e fórtes. A atmosphera impregnou-se durante o dia, dos perfumes das flôres e dos fructos, que o sol fecundante fez amadurecer e desabrochar.

O ananáz e o jasmin, o cajú e as acacias brancas, a pitanga e as rosas de Alexandria, as flôres todas, e todos os pômos das arvores fructiferas, casam, umas com as outras, os seus aromas deliciosos, do conjunto dos quaes, se fórma uma essencia, que embriaga, que é doce, e suave, e agradavel.

O Botafogo dorme, velado pelo manto das suas bellezas, no centro d'um silencio, apenas quebrado pelo cicio das agoas da sua poetica enseada.

No meio de tudo isto, de todas estas bellezas, ha um ente que ainda não repousa, enlevado em sonhos de fascinadora poesia.

É Magdalena, a filha do cabinda.

A formosa virgem encostou-se ao peitoril da sua janella, e, silenciosa, firmou os olhos pensativos, n'um ponto, onde a imaginação e o espirito, estão fazendo passar, desenrolando-se rapidos, uns variadissimos panoramas, umas paisagens de infinitas bellezas!

Está como que sonhando.

Sonha, jurity mimosa e meiga, que os sonhos das alvoradas do amor são formosos e bellos! Abre o sacrario virgem do teu coração, que começa a fecundar as primeiras flôres, aos perfumes que a aragem da noite transporta nas suas azas!

Faz as tuas confidencias á lua; conta os teus segredos ás estrellas; porque uma e outras virão, em cada noite, reflectir da altura, onde andam suspensas, a imagem que te povoa a alma, o coração e a soledade! Scisma; prende pelo espirito, por esse élo mysterioso, que aniquila as distancias, o pensamento ao pensamento, que vem, de longe fundir-se com o teu, em um só! Deixa que o coração se dilate, que a alma se expanda, e se aqueça ao calor do sentimento que a anima!

Oh! mas cahem-te dos olhos, que reflectem o céo, como se a proprio céo elles fossem, duas perolas mimosas!

Porque choras, criança? Que pêso poderão ter na balança do teu destino essas duas lagrimas, que ninguem vê, mas que alguem beberia soffrego, embora occultassem a morte? São o baptismo do teu amor? ou o preço da tua felicidade?

E Magdalena com o seu rosto formoso, mas nublado de melancholia, tinha duas lagrimas a marejarem-lhe os olhos fascinadores.

Aquellas duas gotas crystallinas eram as flôres das primeiras saudades d'amor, saudades pelo primeiro homem, que lhe tocára o coração com a varinha magica do condão do infinito sentimento.

Magdalena pensava em Luiz, estava-o vendo n'aquella hora, como o vira em sonhos tantas vezes, nas noites em que o seu coração sentia o mal estar d'um vacuo incomprehensivel. Meigo e bondoso, affavel e doce, lá lhe estava sorrindo, lá lhe estava fallando com a sua voz attrahente!

E ella tinha saudades d'elle, saudades do dia que havia passado, e saudades d'aquelle passeio pelo jardim, ao seu lado!

Quizera-o alli sempre, quizera-o junto a si eternamente!

Oh! que alternativa não estava passando o seu viçosissimo coração!

D'um lado as claridades magicas do amor nascente, as promessas de Luiz, o preenchimento do vacuo, dos desejos ardentes que ella não comprehendia!

Do outro, a ausencia, a distancia, o atear d'aquelle fogo sublime, a sêde d'aquellas flôres, que haviam brotado na sua alma, a noite d'aquelle dia tão repleto de encantos, a soledade, emfim!

Ó mocidade! como és formosa com as tuas esperanças, com os teus receios, com as tuas alegrias, com as tuas lagrimas, com todos esses contrastes, que te agitam o seio, onde tudo é vida, onde tudo é enthusiasmo e delirio! Sonhas de dia acordada, e velas de noite repousando! Nas paginas do teu livro, se ha cantos melancholicos, ha tambem poemas d'infinita ventura, por que o amor, que te doura as flôres e os dias, é a fonte, onde, com uma lagrima, brotam muitos gosos.

E Magdalena continuava a scismar.

Era a primeira noite d'amor; o somno cedeu o logar aos receios e ás esperanças. Dentro de sua alma e do seu coração havia um murmurio de harmonias, constante, como o murmurio das cachoeiras da floresta.

Ella tinha diante de si uma imagem e nos labios um nome--a imagem e o nome de Luiz.

Este velava tambem.

Scismava em Magdalena, e estava-a vendo com os olhos do seu amor, perpassando diante dos olhos do corpo, airosa, gentil e meiga, como a vira n'aquelle jantar, que nunca mais poderá esquecer, e como a ouvira n'aquelle jardim, de que ella era a flor mais candida e mais formosa.

Luiz habitava na rua dos Pescadores, no Rio de Janeiro, o terceiro andar da casa do armazem de Jorge de Macedo.

Era confortavel o seu aposento, que elle andava percorrendo, visivelmente preoccupado, d'um a outro extremo.

É pequeno agora o ambito do seu coração para conter tudo quanto está sentindo. Um mundo, vastissimo d'esperanças, se está desenvolvendo diante dos seus olhos, no meio do qual avulta, radiante, o anjo de Magdalena.

Encheu-lhe o amor o seio.

Elle, que vivia tão descuidado, entregue ás saudades da patria e da familia, e ao desempenho das suas obrigações, esquece-se de tudo isso, agora, esquece mesmo a imagem, duplamente santa, de sua mãe, para só se lembrar de Magdalena, que lhe era uma pessoa estranha, uma pessoa indifferente.

Oh! o primeiro amor!...

Eram fortissimas as inspirações que o dominavam e tanto mais quanto menos as esperava.

Magdalena deslumbrara-o, não só com a sua belleza, mas muito mais ainda com a sua ingenuidade, com os seus modos despertenciosos, e com a sua franqueza.

Foi um anjo que lhe surgiu do céo, a elle, que andava na terra com a aridez no coração.

Todavia um vago pressentimento d'uma fatalidade o vinha acabrunhar por vezes.

Aquellas palavras d'Americo, quando, depois do jantar, desciam ambos para o jardim, soavam-lhe ainda aos ouvidos e eram-lhe desagradaveis.

Deram-lhe a conhecer que o mulato pertendia tambem Magdalena, e o mulato era capaz até d'uma infamia para a conseguir.

Luiz conhecia-o bem, estava ha muito tempo em contacto com elle, e tinha-o mesmo estudado.

Americo tinha os maus instinctos e a indole dos da sua raça, embora apparentemente adoçados por uma educação rasoavel, e pela convivencia d'aquelles com quem as suas obrigações o levavam a tratar.

O jantar tinha sido n'aquelle dia, e desde que elle findara, ou antes, desde que em casa de Jorge, os dois se separaram, ainda não tinham trocado uma palavra, porque ainda se não tinham encontrado.

Luiz tinha, porém, a certeza de que o mulato não guardaria silencio, e dispunha-se a combater a todo o transe, se tanto fosse preciso...

Que importavam a Luiz as pretenções d'Americo, se Magdalena jurára amal-o, invocando a sacratissima memoria de sua mãe?

Que lhe importava que o mulato, ferido no seu amor proprio, no seu orgulho e nas suas ambições, pelo despreso ou pela indifferença de Magdalena, o tentasse desthronar por meios ardilosos, por infamias até?

Não tinha Luiz a sua consciencia limpa?

Não lhe dizia ella que elle havia de vencer?

Dizia.

No entanto, é certo que o drama ia começar, que a lucta ia travar-se, mas não face a face, e a peito descoberto.

E em quanto Luiz pensava n'isto e na sua Magdalena, lá ia a lua caminhando pelos páramos do azul sem fim, namorando a formosa filha do cabinda, que a olhava melancholica nas saudades do primeiro amor, e reflectindo as suas mil agulhas de prata reluzentes nas aguas murmuradoras das cachoeiras da floresta, e no espelho do vasto Guanabára.

Ó noite! que de pensamentos não desabrocham, no meio do teu silencio, nos corações que viçam amores á luz do teu astro argenteo!

VII

Eram oito horas da manhã do dia immediato, quando Luiz desceu para o escriptorio.

Americo já andava dando as suas ordens para o embarque de uma porção de saccas de café.

Os dois comprimentaram-se amigavelmente na apparencia, porém, com certa reserva e um pouco de frieza, o que não era costume.

Luiz trazia no rosto a pallidez impressa pela vigilia d'uma noite inteira; Americo os traços de quem tinha uma ideia a dominal-o.

E os dois socios de Jorge de Macedo dirigiram-se ambos ao escriptorio, situado no fundo do armazem.

Luiz sentou-se a escrever; Americo começou a examinar a correspondencia do dia anterior.

Os negros e os outros caixeiros andavam na labutação de pesar e ensacar o café.

--Nao sei onde te meteste hontem, desde que nos separamos no Botafogo, principiou Americo, passando a vista de umas para outras cartas.

--Eu é que te não tornei a vêr; respondeu Luiz placidamente, sem volver os olhos dos livros, que tinha diante de si.

--Fui ao theatro.

--E eu vim para casa.

--Ah! exclamou Americo com certo ar intencional.

--Nao sei de que te admiras.

--Eu? de nada.

--Esse *ah!* solto assim...

--Foi natural.

--Talvez, mas nao creio. Parece-me que queria dizer alguma coisa.

--Não. Já tiveste noticias de Magdalena!

--Noticias de Magdalena?! perguntou Luiz com certo ar d'altiva admiração.

--Sim; ou não deixaste ainda as coisas n'essa altura?

--Gracejas de certo, Americo.

--Não gracejo, não. Então has-de negar que a não desfitaste um momento, durante o jantar de hontem, e que lhe fizeste uma confissão d'amor, em quanto passeiavas com ella pelo jardim?

---Não nego, nem affirmo.

--Calas; quem cala consente.

--Não sei. Mas d'um ou d'outro modo o que me parece é que nada deves ter com isso.

--Outro tanto não digo eu.

--Não sei porque.

--Porque tambem sou pretendente.

--Ah! sim!

--Tu começaste; veremos agora qual dos dois acabará.

--Veremos.

--Mas porque não has-de ser franco comigo?

--Franco em que? e para que? És homem como eu; tens o campo aberto, propões a lucta, acceito-a. Se tiver a franqueza de confessar-te que amo Magdalena, retiras? Não. Ella é que escolhe; se algum de nós lhe convier, o outro já sabe o que tem a fazer.

--E se eu fôr o escolhido?

--Paciencia. E se não fores tu?

--Hei-de empregar todos os meios.

--Todos?

--Todos, sim. Os da minha raça bem sabes que não recuam nunca, e se o ignoras fica-o sabendo agora.

--Em todo o caso diz-me: Queres a mulher pelo dinheiro, ou queres a mulher porque a amas.

--Quero-a por ambas as causas... principalmente.

--Comprehendo.

--Julgas, talvez, que na balança da conquista, o prato pende mais para o teu lado? Enganas-te. Nós, os brazileiros, e sobre tudo os que, como eu, teem na face a côr bronzeada do cruzamento das raças, estamos fartos de vêr que os pobretões dos portuguezes nos venham, de tão longe, roubar as mulheres e o dinheiro.

Luiz córou e pôz-se d'um pulo em pé.

--Insultas-me! exclamou elle.

--Não; digo a verdade.

--Dizes a verdade! bradou Luis com ironia. Havia de fazer engulir-te a phrase se não conhecesse que fallas despeitado. Fallas dos pobretões dos portuguezes! Que seria de ti e dos teus se não fossem elles! Morriam todos de fome, haviam de ser uns miseraveis! Nós é que trabalhamos, nós é que vos sustentamos, pódes ter a certeza d'isto. Se vos levamos o dinheiro, levamos apenas uma parte do fructo do nosso suor, ficando tu e todos os teus com a outra, com a maior, sem o minimo esforço de corpo e de espirito; se nos ligamos com as vossas filhas é por que as merecemos, é porque somos verdadeiramente dignos d'ellas, para não dizer que mais honra lhes vai com estas allianças, do que a nós. Repito; eu queria vêr o que seria de vós se não fossem os pobretões dos portuguezes; de vós, que apenas nascesteis para vos bamboleardes na rêde, indolentes, occiosos, tomando o vosso café e fumando o vosso cachimbo.

--Seja como fôr; não discuto nobrezas de nacionalidade. O que te digo é que hei-de empregar todos os meios para conseguir Magdalena.

--E eu affirmo-te que nem um só vingará.

--Veremos.

--Veremos. Declaras-te meu inimigo, atiras-me a luva, levanto-a. Conheço agora que has-de usar de todas as armas, desde a hypocrisia, desde o ardil apurado até á infamia, até ao crime refinado. Pouco importa. Hei-de bater-te com a verdade, só com ella te hei-de derrotar. Todavia, recommendo-te prudencia, porque se o meu braço se envergonhar de castigar-te, talvez haja quem o faça sem que o esperes.

--Ameaças-me?

--Não; previno-te.

--Pois bem; eu me defenderei.

--Mas de modo que não vás ferir aquelle que ainda hontem, além de nos sentar á sua meza como amigos, nos elevou á dignidade de partilharmos da sua fortuna. A lucta é comigo, e só comigo, e se me encontras disposto a combater-te, não me encontrarás disposto a tolerar-te a minima coisa que possa, mesmo de leve, ferir Jorge de Macedo, que é hoje meu socio, meu protector e meu amigo, finalmente. Mais ainda, Americo, e isto vale uma ameaça. Magdalena é uma pessoa sagrada para mim, e exijo que o seja para ti. A menor falta de respeito da tua parte, a menor insolencia que lhe dirijas, pagal-a, bem paga, fica certo d'isso. A contenda é comigo e só comigo, ainda uma e ultima vez t'o digo.

--Pouco me importam as tuas ameaças, e respondo a ellas com uma gargalhada.

--Bem sei que vai até ahi o teu cynismo e a tua cobardia.

--Luiz!...

--Cobardia, sim! affirmou Luiz perfilando-se destemido em face de Americo.

Este ia, n'um impeto de raiva, a lançar-se ao guarda livros, mas ao vêl-o tão resoluto, ao vêr-lhe nos olhos a chamma da valentia e a coragem com que o esperava, recuou, deteve-se, e volveu-se, saindo a dizer:

--la-me zangando! A occasião não era propria, e nem mesmo valia a pena. Tenho tempo de desforrar-me.

--Ou de levares uma licção que te aproveite, canalha! respondeu Luiz.

Dois minutos depois, já Americo andava ordenando e vigiando o trabalho dos negros e mais caixeiros do armazem, e Luiz continuava escrevendo, como se nada lembrasse a cada um d'elles d'aquella scena que o mulato havia provocado.

No entanto Luiz estava livido, d'esta lividez produzida pela raiva sopeada, e Americo, no meio da labutação dos seus subordinados, trazia nos olhos espelhado claramente, o pensamento, o desejo de vingança, que lhe avultava no seio.

A imagem, formosa sempre, e sempre sympathica de Magdalena, lá estava, apesar de tudo, interposta entre os dous, a separal-os, a affastal-os, a lançal-os, sem mesmo ella o pensar, em uma lucta tremenda, que devia necessariamente terminar muito mal para um d'elles, pelo menos.

Luiz via-a com os olhos do seu amor, do seu affecto, da sua virtude; Americo com os olhos dos seus desejos desenfreados de vingança, com os olhos da sua ambição e do seu calculo.

Magdalena era o centro d'uma linha nos extremos da qual se agitavam convulsivamente sentimentos inteiramente oppostos.

Teriam ambos a mesma força?

Qual d'elles tinha de attrahil-a?

É facil prevel-o. A imagem de Luiz já lhe enchia o seio, já lhe havia povoado os sonhos da primeira noite d'amor, aquelles sonhos porque ella passára accordada, solitaria na sua janella, com os olhos cravados na lua, e a alma a sentir o *gosto amargo* d'uma saudade indefinida.

VIII

Eram tres horas da madrugada, quando Magdalena se retirou da janella, onde a vimos tão scismadora, tão embebecida na contemplação silenciosa da rainha da noite, que, apesar de bem alta, ainda ia vaidosa a mirar-se nos crystallinos espelhos dos lagos adormecidos, e gosando as suaves emanações das flores dos jardins.

Nunca a formosa virgem tivera uma noite de sensações tão violentas, esmaltada de tantos receios e de tantas esperanças, de tantas rosas e de tantos espinhos.

A imagem de Luiz, ora lhe sorria cariciosa, meiga, e cheia de bondade, ora lhe apparecia gelada, fria, e grave, com todos os traços d'uma indifferença verdadeira.

Eram as alternativas do amor; era esta serie de contrastes e antitheses que o constituem, e de que elle proprio se alimenta, inflamma e vive!

Todavia, n'esta opposição de ideias, de phantasias, d'aspirações, que a dominavam e agitavam, o predominio era inquestionavelmente para o pensamento da felicidade, que tão magicamente lhe sorria no amor de Luiz.

O amor de Luiz!...

Aquelle sentimento era o céo com todas as suas bellezas; com as harmonias dulcissimas das harpas afinadas dos seus anjos; com todos os cambiantes das luzes formosas dos seus astros scintilladores!

E foi n'este diliciosissimo vago d'uma esperança de ventura que Magdalena adormeceu.

Os olhos, aquelles olhos sempre formosos, cederam por fim ao pêso da somnolencia, e deixaram-se velar docemente pelas palpebras, quasi transparentes.

Não cessaram porém as ondulações do seio, que estava sendo o leito d'um vasto oceano d'amor.

Não cessaram, não, porque ainda se prolongava o sonho, em que, inteiramente embebida, se havia demorado na janella, d'onde sahira momentos antes.

A formosa filha do cabinda estava vendo diante de si vastissimas campinas de flores perfumadas; estava ouvindo umas harmonias alegres, como nunca ouvira; tinha por cima o céo azul, limpido e sereno dos dias tropicaes, e em baixo, na terra, a esteira matizada de flores, que a mão d'uma fada branca, aeria e vaporosa, andava espargindo prodigamente.

Ó mocidade! como são magicos os teus sonhos, quando te perfumam o seio largo, as emanações balsamicas dos roseiraes floridos do amor! Como é deslumbrante e querida a imagem, que te faz palpitar o coração, gravada nos raios prateados de cada estrella, reflectida na superficie serena de cada lago, envolta nas harmonias suaves e doces do cahir da agua de cada cachoeira, presa nas mil palhetas douradas do sol de cada esperança, e engastada na muldura valiosa das perolas de cada crença!

Sonha, Magdalena, sonha! Na tua idade, os sonhos são vida, a vida é ventura e a ventura parece não ter fim!...

Sonha, em quanto te doura a fronte, e se reflecte no negro assetinado dos teus formosos cabellos, o sol vivificante dos teus vinte annos tão perfumados.

E Deus queira que um dia não tenhas de beber a sicuta das desillusões, o calix amargo e mortal do fel da desventura!

Desponta propicia a estrella do teu amor; prophetisam-te alegrias os canticos suaves, que te embalam o somno leve... Dorme, virgem; dorme, sonha, vive, e gosa!

E Magdalena sonhava.

N'aquelle momento, havia, porém, dois homens que a estavam vendo com olhos d'affecto formosamente sincero, mas inteiramente distincto.

Eram Luiz, que não podera conciliar o somno, e o negro, o cabinda, que havia accordado a pensar na felicidade da sua filha.

As seis horas da manhã já o sol dourava, com todo o seu deslumbrante explendor, a vegetação opulenta das mattas virgens, e as florinhas mimosas dos jardins vicejantes. As aves mandavam ao céo, nas azas invisiveis da viração do sul, o seu cantico matinal de graças e louvor. Sorria-se inteira a natureza, n'um sorriso que era como um hymno abençoando o Creador!

O cabinda andava já, contente do seu trabalho, entregue á limpeza das folhas seccas, cahidas, durante a noite, em volta do lago, onde Magdalena costumava ir sentar-se, pensativa, no fim de cada tarde.

E tão embebido andava o negro, que nem viu a sua filha approximar-se d'elle, surgindo d'uma das aleas da chacara, orlada de mangueiras, cajueiros e pitangueiras.

--Tão entretido, cabinda! disse Magdalena approximando-se.

--A minha filha! exclamou o negro, depois de se volver admiradissimo, com um sorriso d'intima alegria a pairar-lhe no semblante.

--Então? volveu ella. Julgas que só tu te levantas com o sabiá das laranjeiras?

--O negro não esperava a senhora moça, não. A sua benção.

--Quero que vás á cidade.

--Ao branco? perguntou elle com rapidez.

--Sim. Vais levar este bilhete ao senhor Luiz, mas has de entregal-o só a elle, ouviste?

--Descance a minha filha, o negro vai já.

E depois, como recordando-se d'alguma coisa passada, o negro continuou:

--Oh! o cabinda bem dizia, que o branco dos sonhos da senhora moça havia de chegar. É elle; o branco veiu e a minha filha gosta do branco.

--Ah! suspirou Magdalena, enlevando-se nos sonhos do seu affecto. Ah! se tu soubesses como eu o amo!

--É como o cabinda á sua parceira e aos seus filhos que lhe tiraram.

--Mais, mais ainda! Tu não imaginas como eu sou doida por elle! Pertence-lhe a minha vida, o meu coração, a alma, o pensamento! Sou toda d'elle, e não poderia viver sem elle. Tu, oh! tu não sabes o que eu sinto, não! Penso n'elle de dia, de noite, a toda a hora, e sempre! Tu contentas-te em ter saudades da parceira, que te tiraram, dos filhos de que te separaram; e eu morria se elle me faltasse, morria, sim!

--E o branco tambem quer muito á minha filha, muito; acudiu o cabinda, a quem o enthusiasmo de Magdalena, havia enthusiasmado tambem.

--Quem sabe? murmurou ella, n'uma expressão d'alguma duvida.

--O negro vê. Hontem, no jantar, os olhos do branco buscavam os olhos da senhora moça. Eram como a jurity do matto, a chamar a companheira entre as folhas do capim...

--Isso era hontem, mas agora?... respondeu Magdalena com melancholia.

--Agora, senhora moça, o negro vai e hade trazer alegrias á sua filha.

--Vem depressa, ouviste?

--O negro não tardará.

E o cabinda guardou o bilhete que Magdalena lhe déra, e partiu apressado, volvendo-se, de quando em quando, para traz.

No seio da formosa virgem havia uns alvoroços immensos. Era a esperança que os originava, a dourada esperança, em que Magdalena ficava, de que depois das suas noticias, que mandava a Luiz, este lh'as mandaria tambem, n'um repetido protesto de grandissimo affecto.

Subiu.

Ao chegar ao topo da escada, encontrou-se com Jorge.

--Tão cêdo cá por fóra, filha! exclamou elle, um tanto admirado ao vêl-a.

--Estava uma manhã tão bonita! vim vêr as minhas flôres.

E beijou-lhe a mão e abraçou-o, cariciosa e meiga.

--E tão cêdo as deixas, doidinha!

--Já as vi, já lhes fallei, papae.

--E agora que vaes fazer?

--Uma visita a outro amigo... disse ella, sorrindo.

--Pois ainda tens mais affeiçoados, Magdalena?

--Se tenho, papae! disse ella, suspirando. Então o meu piano?

--D'aqui a pouco esqueces-me de certo. Se vaes assim a repartir o teu affecto, não deixas no teu coração um cantinho para teu pae!

--Oh! o logar do papae ninguem o tira, ninguem!

--Nunca?

--Nunca!

E Magdalena prendeu-o pelo pescoço, sorrindo com meiguice, e imprimiu-lhe na face dous osculos purissimos.

Jorge acolheu-os como os paes acolhem os beijos dos filhos, quando os paes são paes, e os filhos não degeneram.

IX

O cabinda chegou á rua dos Pescadores, no Rio, alguns minutos depois de terminada a disputa entre Luiz e Americo.

O escriptorio, como já dissemos, era situado no fundo do armazem, e resguardado por uns tapamentos de madeira, que interceptavam a vista do seu interior ás pessoas que entravam.

Americo estacou, e como que teve um estremecimento, vendo surgir o negro. Dissimulou-o, porém, o mais que pôde, e foi encostar-se a uma porta lateral.

--Louvado seja o Senhor! disse o negro, entrando.

--Adeus, cabinda; respondeu Americo docemente.

--O negro quer fallar ao senhor Luiz.

--O teu senhor não vem hoje á cidade? perguntou Americo com intenção.

--O negro não sabe.

--Quem te mandou, então?

--A senhora moça.

E o cabinda lançou a Americo um olhar perscrutador.

--A senhora moça? perguntou o mulato, admirado do pouco segredo que o negro guardava da sua missão.

--Sim.

--Trazes recado ou carta? acudiu Americo rapidamente.

--O negro traz carta.

--Dá cá, que eu vou entregal-a ao senhor Luiz.

--A ordem da senhora moça é só para entregar a elle.

Americo encolerisou-se com a resposta do cabinda, e disse, raivoso:

--Bem se vê que és negro!

--Como o pae de muita gente, respondeu aquelle.

--Patife!...

--O negro é cabinda, e o cabinda é raça fina. O mulato é filho de branco e de negro...

Americo sentiu-se altamente atacado, mas enguliu a affronta, que provocára. Teve vontade de atirar logo dous murros ao negro, mas o receio deteve-o, porque tinha diante de si um homem possante, que, embora escravo, era, comtudo, um escravo estimado e querido. No meio da sua ira, e, digamos, da sua cobardia, limitou-se a ameaçar:

--Deixa estar, que o teu senhor saberá que andas a trazer e a levar recados da senhora moça, patife!

--O negro não tem mêdo.

E o cabinda deu-lhe as costas, e dirigiu-se ao escriptorio, onde lhe parecêra ouvir a voz de Luiz.

Chegou á porta e metteu a cabeça.

--Licença.

--Ah! és tu, cabinda? Entra; acudiu Luiz, largando a penna.

--O negro, meu branco.

--A que vens?

--Trazer isto. Manda a senhora moça.

E tirando do bolço o bilhete de Magdalena, entregou-o a Luiz, esperando com alegria, sorrindo de contentamento.

Luiz sentiu um d'esses abalos, grandemente bello; um d'esses choques, que se sentem sempre que nos chega a mão a primeira e suspirada carta do objecto do nosso amor.

Que papel aquelle! que thesouro não estava alli!

Fossem dizer ao sympathico moço que o não lêsse! offerecessem-lhe por elle todas as riquezas do mundo!

Recusava, de certo, e recusava sem a minima hesitação!

Apenas o perfumado papel lhe chegou ás mãos, Luiz abriu-o com uma rapidez vertiginosa, e lançou ao contheudo os olhos, mais como quem o devorava, do que como quem o estava lendo.

Era uma soffreguidão nervosa, natural, exigida até pelas circumstancias.

O cabinda que lhe seguia o menor dos movimentos, que parecia mesmo estar lendo o que se passava no seu intimo, permanecia immovel, suspenso, n'uma contemplação profunda e silenciosa;

A leitura da pequenina carta foi rapida, mas, n'esse pequeno momento da sua duração, Luiz subiu todas as notas da escala harmoniosa dos transportes sublimes da ventura.

O bilhete dizia o seguinte:

«Luiz

«Ainda não ha vinte e quatro horas que me deixaste e já não posso com as saudades, que me magoam. Vem-me vêr quando poderes e diz-me sempre que nunca hasde esquecer a... tua

Magdalena.»

«P. S. Passei a noite a pensar em ti, e até nas tres horas, que a fadiga me obrigou a repousar, tive sempre, ao meu lado, em sonhos lindos, a tua imagem, que me sorria e eu acariciava.»

Era curta a missiva mas, em compensação, eloquentissima.

E Luiz olhou para o negro.

--Então? perguntou este.

--Ah! cabinda! cabinda! exclamou o moço com duas grossas lagrimas a brilharem-lhe nas pupillas.

--O branco chora? que tem? interrogou o negro rapidamente, passando do extremo da alegria ao extremo do receio.

--Choro, sim, e olha que nunca os meus olhos verteram lagrimas como estas! São de ventura, são de felicidade! Cada uma me vale o céo, cada uma é um hymno, cada uma é um poema! Choro, porque nem só a dôr, nem só a tristeza, nem só o infortunio, tem lagrimas. A alegria, quando é tão grande, como a que eu estou sentindo, tambem as tem, tambem se adorna com ellas. Aquellas são amargas, são negras, queimam e ferem; estas, que tu vês nos meus olhos, teem o explendor d'um sol formoso, são dôces, porque resumem a essencia d'um nectar suavissimo, dão vida, porque contéem em si os elementos que a vigorisam! Choro, porque sou feliz, cabinda!

O negro ouviu Luiz n'uma anciedade indiscriptivel. O peito arfava-lhe com violencia; era um mar tempestuoso. Os olhos, os seus grandes olhos, estavam pregados em Luiz. Susteve-se assim em quanto o amoroso moço ia fallando, enlevado nos transportes do seu grandissimo affecto. Mas apenas elle acabou, o negro acudiu logo immediatamente:

--E o branco gosta da senhora moça?

--Oh! se a amo!...

--Muito?

--Até ao delirio!

--Obrigado, meu branco! obrigado, meu branco! exclamou o negro, beijando phreneticamente as mãos ao moço.

--Que fazes, cabinda? acudiu Luiz, commovido, porque traduzia n'aquelles beijos a affeição do escravo por Magdalena.

--É porque a senhora moça é filha do cabinda, e o negro quer a senhora moça muito feliz.

--És uma grande alma!

--Mas o mulato...

--Oh! o mulato, acudiu de prompto Luiz, é preciso cautela com elle!

--O cabinda não dorme! disse o negro em um tom d'ameaça.

--Bem. Agora vou escrever duas linhas e não te demores. Vai logo, sim?

--A minha filha espera, bem sei.

Luiz sentou-se e escreveu as seguintes linhas:

«Magdalena

«Poderei esquecer tudo, mas esquecer-te a ti, nunca. Fizeram-me bem as tuas palavras, E se estás soffrendo a melancholia das saudades que sentes por mim, eu estou entre as nuvens da tristeza, d'esta ausencia, em que nos tem uma distancia tão curta. Passaste a noite scismando em mim; eu não repousei, pensando em ti. Lá havias de sentir no teu seio os echos do meu pensamento. Irei vêr-te quando podér, e crê que te amo, que te adoro muito, muitissimo.

«Luiz.»

O negro partiu.

Quando chegou ao Botafogo ainda Magdalena estava sentada ao piano, para onde a vimos encaminhar-se depois de ter affagado Jorge, seu pae, com dous affectuosissimos beijos.

O piano não estava agora gemendo deliciosas harmonias; estava sendo a victima da anciedade, em que Magdalena esperava o cabinda.

As mãos ora corriam rapidas, ora vagarosas, traduzindo claramente os sentimentos e as ideias que se iam succedendo na sua juvenil imaginação.

De quando em quando, corria á janella a vêr se divisava o negro, mas voltava com a melancholia no rosto, sempre formoso.

O cabinda entrou n'um dos intervallos em que ella tocava.

Apenas elle surgiu á porta da sala, Magdalena deu um grito.

Inundou-lhe o rosto todo o explendor do sol das alegrias. Os olhos faiscaram centelhas de felicidade.

--Então? que trazes? perguntou ella, correndo para o negro.

--Carta do branco.

--Dá cá, depressa, anda.

O negro entregou a carta de Luiz e Magdalena começou a lêl-a do mesmo modo que aquelle havia lido a d'ella.

Eram eguaes as impressões, eguaes as circumstancias, eguaes os sentimentos da occasião.

Ao findar a leitura, Magdalena deitou os braços aos hombros do escravo, e exclamou, ébria de contentamento, douda d'alegria:

--Ah! cabinda! cabinda!

--Está contente a senhora moça?

--Oh! muito! muito! nem tu sabes como eu sou feliz!

--É isso o que o negro quer, porque a senhora moça é filha do cabinda!

X

Jorge de Macedo chegou ao armazem pouco depois do negro ter sahido.

Luiz e Americo cumprimentaram-o com a delicadeza devida. O capitalista recebeu-os como socios seus, affavel, risonho, bondoso, mesmo com um tanto da meiguice que o caracterisava.

Jorge de Macedo era um homem sympathico, moral e physicamente. A sua physionomia era d'estas que attrahem á primeira vista, os seus actos modelados em harmonia com a virtude, com a honra, com a probidade, com todo o cavalheirismo, emfim.

Ficára viuvo muito cedo. A necessidade obrigou-o a ser carinhoso com a filhinha, que ficava orphã das dulcissimas meiguices de mãe. A sua alma identificou-se com aquella necessidade e Jorge tornou-se homem sensivel, bondoso e em extremo meigo.

Os seus subordinados eram tratados, não como taes, mas como amigos. Os pobres tinham sempre aberta a sua bolça. Para as grandes emprezas, para qualquer melhoramento do progresso era sempre o primeiro a dar o seu nome e a concorrer com os seus fundos.

Tudo isto o fazia estimado e querido, tudo isto lhe valia um nome honrosissimo, apesar da sua vida retirada, porque Jorge, não por systema, mas por indole, apenas tinha e alimentava a convivencia com as pessoas, a quem o ligavam os seus negocios.

Desde que fallecera Beatriz, a sua esposa querida, ninguem mais o viu em um baile, em um club, em uma associação recreativa.

Magdalena resumia-lhe todos os encantos, todas as distracções, todos os prazeres.

Com ella, com a sua adorada filha, passeiava elle muitas vezes, n'aquella alegria d'um doce bem estar, d'um gosar inalteravel de venturas suavissimas.

Magdalena fôra educada esmeradamente, com todos os vivos cuidados d'um pae amantismo, mas sem o desenvolvimento, que mais tarde se desata em grandes exigencias, em superfluidades, em loucas ostentações. Jorge cercara-a sempre de todas as commidades, mas não a affastára nunca d'uma simplicidade abundante.

As amigas de Magdalena fallavam-lhe de bailes, das alegrias, dos ehthusiasmos de qualquer reunião d'este genero, ella respondia, fallando do seu piano, das musicas novas, das bellezas d'algum livro, das alegrias d'um passeio ao lado do seu pae.

E Magdalena vivia assim, contente, satisfeita, risonha e feliz, graças ao systema d'educação empregado por Jorge.

A affabilidade, porém, do nosso capitalista, não se limitava á sua filha, não se resumia só n'ella; estendia-se, como já dissemos, a todos os que tinham o prazer de o tratar, fossem grandes ou pequenos, pobres ou ricos.

Os proprios escravos eram os primeiros a estimal-o, porque não deixando de se fazer tratar por elles com o respeito devido, tambem os não olhava, como em geral, com olhos de despreso, nem os carregava d'asperidades, maus tratos e indifferença.

Jorge acolheu, pois, affavelmente os seus novos socios e dirigiu-se ao escriptorio, para resolver os trabalhos e negociações do dia com elles.

Leu-se a correspondencia, fizeram-se deliberações, disposeram-se algumas transacções de commum accordo.

Jorge tinha no negocio uma longa pratica de muitos annos. O seu modo de vêr as cousas era d'um alcance vasto.

Luiz e Americo ouviam-o attentos e tomavam as suas palavras como conselhos e lição.

Depois de uma hora de conferencia o capitalista sahiu.

Luiz ficou entregue á escripturação e Americo passou ao armazem a dirigir o trabalho dos negros e caixeiros.

Os dois associados não mostraram o menor vislumbre do resentimento, nem das más disposições em que se achavam um com outro, na presença de Jorge.

Bem pelo contrario, fallavam, consultavam-se, e olhavam-se, como duas pessoas ligadas por estreitissimos laços de amisade e de sympathia.

A presença de Jorge continha-os dentro dos limites do respeito. Além de que, qualquer d'elles se julgava culpado perante a propria consciencia. Luiz ainda podia alliviar a culpa com a ideia do sentimento que o dominava, do amor que lhe estava enchendo o coração. Americo, esse, não tinha uma unica appellação.

Jorge voltou de novo ás duas horas e foi encerrar-se com Luiz no escriptorio. Conversaram por largo tempo, e quando ás tres da tarde sahiu para regressar á chacara, chamou Americo e disse-lhe:

--O senhor Luiz sahe amanhã no vapor das 8 horas para Macahé. Vai a negocios meus. Quando vier a correspondencia abra e dê as suas ordens como entender conveniente.

--Sim, senhor.

--Se até eu chegar, fôr preciso alguma coisa queira mandar-me aviso ao Botafogo.

--Não ha de ter duvida.

--Adeus.

Apertaram as mãos e Jorge sahiu.

Americo exultou de contentamento com a inexperada sahida de Luiz. Eram, pelo menos, quatro dias de demora, e em quatro dias podia, pensava elle, conseguir derrubar o seu rival do throno aonde começava a sentar-se.

Luiz ficou triste com a noticia, pelo lado do coração. Assaltaram-o logo as saudades por Magdalena, e, sobre tudo, a ideia de que o mulato poderia aproveitar a sua ausencia para commetter alguma infamia.

Exultou, porém, pelo lado da consciencia, porque ia desempenhar uma missão, em nome d'aquelle, a quem devia amisade, estima, confiança, e fortuna até.

Estava d'um lado o amor, do outro o dever.

A ausencia ia ser por poucos dias e uma voz intima lhe segredava ao coração, que havia de voltar a encontrar Magdalena, firme ainda no seu juramento, constante no seu affecto.

Luiz confiava na pureza dos seus sentimentos, e tanto bastava para crêr que um anjo bom havia de proteger a sua causa.

Demais, bem sabia elle que o cabinda olharia pela sua filha.

Todavia Luiz não queria partir sem annunciar a Magdalena a sua ausencia. Ainda tinha tempo.

No dia seguinte, ás sete horas, já elle andava de pé.

O mulato passára a noite a fazer e a desfazer planos. A ausencia do seu associado sorria-lhe fagueiramente. No entanto nada poude decidir positivamente, porque tinha a certeza de que Luiz tomaria todas as precauções.

Além d'isto, um dos maiores obstaculos que se levantavam, em face de qualquer resolução tomada, era o negro, era o cabinda de quem tinha, sem duvida, muito e muito a receiar.

A ultima resolução foi a de esperar o curso das cousas.

O mais provavel era que Luiz mandasse alguem a Magdalena, e n'esse caso elle faria todas as diligencias para o evitar.

Luiz tambem não tinha outro recurso. Sahir sem avisar Magdalena não o fazia de certo, não podia fazel-o. Ainda se a demora fosse d'um dia! mas quatro pelo menos! Quatro dias era muito, sobretudo, para quem sente as primeiras saudades que são sempre mais dolorosas, mais profundas.

Tomou a resolução de escrever a Magdalena, mandando-lhe a missiva por um dos negros do armazem. Nunca o cabinda foi tão desejado, nunca!

Escreveu, pois, e incumbiu um dos escravos de chegar ao Botafogo, logo que Jorge viesse da chacara.

Ás horas convenientes despediu-se friamente do mulato, que já andava de vigia, e partiu para o local d'onde sahiam os vapores da carreira para Macahé.

Luiz levava a dôr das suas saudades e os receios d'alguma infamia do mulato...

Ás nove horas entrava Jorge no armazem.

Americo, depois dos cumprimentos do estylo, e d'alguns cavacos sobre a correspondencia e negociações do dia, deixou-o no escriptorio e veio ao armazem.

Chamou os negros, interrogou-os a todos, perguntando se algum fôra incumbido pelo senhor Luiz de ir ao Botafogo levar algum recado.

Um d'elles respondeu que sim.

--A que? perguntou Americo.

--Levar isto á senhora moça.

--Deixa vêr.

E tomou das mãos do negro a carta fechada, que este lhe apresentou.

--Não é preciso ires, eu mandarei lá.

E guardou a carta, contente, n'uma alegria visivel, em que se traduzia o sentimento d'uma vingança quasi realisada.

O mulato era um infame, e esquecia-se de que a Providencia vela sempre pelos justos e pelos bons!

A grande questão d'Americo era, quando não conseguisse para si Magdalena, empregar todos os meios para que Luiz a não conseguisse tambem.

N'este desejo é que elle ia trabalhar, e, sobretudo, aproveitar os poucos dias d'ausencia do seu socio, que, a bordo do vapor da carreira, ia curtindo saudades, sempre com a imagem seductora e deslumbrante de Magdalena a povoar-lhe a visão, e a apparecer-lhe em tudo!

XI

Americo, apenas Jorge sahiu, foi ao escriptorio, sentou-se, tomou uma folha de papel e escreveu a seguinte carta:

«Exma Snr.^a

«O meu amigo e socio, Luiz de Mello, sahiu hoje, inesperadamente, para Macahé, no vapor das 8 horas, a negocios do seu ex.^{mo} pae. Deixou-me uma carta para V. Ex.ª, recommendando-me que das minhas mãos só sahisse para as suas. Pediu-me tambem todo o segredo, e para que ninguem me veja, peço a v. ex.^a o obsequio de apparecer esta noute, ás 10 horas, no caramanchão da chacara, junto ao lago, onde me encontrará para entregar a V. Ex.ª a referida carta.

De V. Ex.ª, etc.,

Americo d'Abreu.»

Fechou, e subscriptou a Magdalena, sahiu, chamou um negro de fretes e enviou-o ao Botafogo, á chacara de Jorge.

Voltou ao armazem, mas em sobresaltos, com o receio de que, uma recusa de Magdalena lhe poderia frustrar tão magnifico ensejo.

A formosa filha do cabinda ficou duplamente surprehendida com a carta do mulato.

D'um lado a ausencia de Luiz, do outro o convite nocturno que Americo lhe fazia.

Teve o presentimento d'uma traição, d'um ardil, d'um estratagema, e quiz responder immediatamente que não concedia a entrevista pedida.

Mas Americo fallava-lhe d'uma carta de Luiz, e ella hesitou.

Ficou na alternativa d'uma duvida, espinhosa, inquietadora, turturante mesmo. Acceder era collocar-se n'uma posição altamente compromettedora; não acceder, se Luiz havia effectivamente escripto a carta, era um desgosto grandissimo.

Magdalena via-se pela primeira vez entre as vicissitudes d'um amor, que nasce espontaneo, caudaloso e vehemente.

Estava na dolorosa espectativa d'uma grandissima hesitação, quando entrou o cabinda.

O negro era n'aquelle momento o anjo bom de Magdalena. Só elle a podia tirar dos embaraços que a prendiam.

Magdalena exultou de alegria, vendo-o entrar.

--Ah! ainda bem que vens! exclamou ella, correndo para o negro. Não podias chegar em melhor occasião.

--Quer alguma cousa ao negro a senhora moça?

--O senhor Luiz foi para Macahé.

--O branco? perguntou o cabinda admirado.

--Sim.

--Quem o disse á minha filha?

--O senhor Americo.

--O mulato? interrogou o negro, mais admirado ainda.

--Sim. Escreveu-me esta carta a dar-me a noticia, e a pedir-me para esta noute ás 10 horas apparecer no caramanchão do lago, para me entregar uma carta de Luiz.

--E porque a não mandou o mulato?

--Porque só a mim a quer entregar.

O cabinda sorriu-se n'uma expressão d'ironia e d'ameaça.

--E a senhora moça o que responde?

--Não sei. Tenho mêdo. Tu que dizes?

--Que a minha filha diga ao mulato que venha.

--Mas...

--Não tem duvida. O cabinda cá está! A onça não tem mêdo ao tigre que assalta o seu covil. O negro tem visto muita jiboia!

Magdalena, para não demorar mais o portador, tomou uma meia folha de papel e escreveu o seguinte:

«Espero-o á hora marcada.

Magdalena.»

Dobrou e deu ao cabinda, dizendo-lhe:

--Toma; dá ao negro que está esperando.

--Não, senhora moça. O negro não quer que o seu parceiro o veja.

--Porque?

--A minha filha o saberá. O mulato não é bom.

Magdalena chamou então o portador e mandou-o com a resposta.

Quando voltou já não encontrou o cabinda.

Sentou-se ao piano, mas agitada, convulsa, nervosa e inquieta.

Não lhe sahia da imaginação o encontro que ia ter, e apesar de toda a sua ingenuidade, Magdalena tinha quasi a certeza de que ia commetter uma imprudencia.

O cabinda não era, porém, um homem capaz de consentir que alguem offendesse a sua filha. Elle que lhe disse que mandasse apparecer o mulato, é porque lá tinha os seus planos.

No entanto, Magdalena estava collocada entre as saudades que a pungiam, lembrando-se da ausencia de Luiz, entre os receios da entrevista concedida ao mulato a horas tão pouco apropriadas, e os grandissimos desejos de receber a carta, que o seu eleito lhe havia deixado.

Só n'isto a formosa menina pensava, só isto a absorvia completamente. Os seus livros predilectos, as suas florinhas queridas, os seus passeios pela chacara, foram esquecidos, foram olvidados.

Era dolorosa a posição de Magdalena. Nem uma irmã, nem uma amiga a quem podésse abrir o seio, com quem desabafasse, com quem repartisse o enorme peso, que a estava opprimindo!

Ainda hontem a embalavam as harmonias dulcissimas das palavras de Luiz, os perfumes magicos das flôres mimosas do amor, que elle lhe protestava, os sonhos deliciosos da ventura tão suspirada!

Pobre creança!

Americo recebeu a resposta de Magdalena n'uns alvoroços de louca alegria. O mulato esperava agora, no meio d'uma grande anciedade, que a noute descesse, com o seu manto de sombras e de escuridão, para realisar os seus planos.

A carta de Luiz a Magdalena estava em seu poder. O mulato commettera a infamia de a abrir, de devassar o seu contheúdo.

Para elle, aquella folha de papel, era uma preciosidade que valia muito.

Não podia ella servir para comprometter o seu socio, o seu rival? Não bastaria que elle a apresentasse a Jorge, para que este o despedisse logo, sem o minimo processo investigatorio? Não revelava ella um abuso da parte de Luiz?

O mulato ia fazendo todas estas considerações, no meio da alegria que o dominava.

O bilhete que Magdalena mandára a Americo não seria tambem sufficiente para mostrar a Luiz que ella aproveitára a sua ausencia, para conceder a outro uma entrevista, a horas, de mais a mais, tão pouco proprias?

No entanto, a formosa virgem, estava oppressa debaixo dos sobresaltos e dos receios, das esperanças e das saudades.

Valia-lhe o seu piano. Unico amigo, unico confidente, unico sacrario, permittam-me a comparação, onde espraiava os sentimentos, que a agitavam, o harmonioso instrumento devia de futuro ter uma grandissima pagina no seu livro de recordações.

Se elle chorava com as lagrimas d'ella! se elle enchia-se de enthusiasmos com as suas alegrias, gemia com as suas saudades, e todo se deliciava e desatava em celestes harmonias, quando lhe encrespavam o seio as ondas bellas dos effluvios do amor, douradas pelas mil palhetas resplandecentes do sol da ventura!

Era com elle que ella sonhava os mundos vaporosos, as visões seductoras d'uma existencia recamada de sorrisos, alastrada de flôres, embriagada de perfumes e cega por excessos de luz divina!

Era elle quem tinha sempre um echo para as vozes do seu coração, um suspiro para cada anceio de sua alma, um gemido para cada ai, exhalado de seus labios, formosos, como rosa mal aberta!

Conhecia-a de creança, suavisára-lhe as primeiras saudades, as saudades de sua mãe, e em todos os tempos a acolhera caricioso, cheio de affectos, magico de harmonias.

Quem sabe ainda para o que elle estaria reservado?

Agora, era elle ainda quem, paciente, estava soffrendo as impetuosidades da anciedade que lhe opprimia o peito debil!

O cabinda, o negro fiel, o escravo dedicado, o amigo sincero, esse andava no lago, em volta do caramanchão, a sondar todos os cantos, a espionar todos os nichos, como quem estivesse encarregado de estudar a topographia do local.

O negro lá tinha a sua ideia.

Não era inutil, não devia sel-o, aquelle trabalho, porque quasi se lhe liam nos grandes olhos os pensamentos que lh'o impunham.

E Luiz?

O amoroso moço, longe do Rio de Janeiro, lá tinha no seio a imagem de Magdalena, o sentimento no coração, as saudades na alma e o receio a agitar-lhe todo o ser.

XII

É noute, formosa como as da America, resplendente de luar, bordada de estrellas, impregnada de perfumes e suave de harmonias. Despenham-se murmuradoras, por entre as sinuosidades graniticas, as aguas das cascatas e das cachoeiras, formando lindissimos rolos de espuma, até cahirem no vasto leito, onde a fada palpitante, a rainha voluptuosa, mira languida o seu rosto prateado. Agitam-se levemente, ao sopro suave da aragem nocturna, os calices das flôres aromaticas, e os ramos, as folhas viçosas das arvores gigantes das florestas.

Este meio silencio da natureza, este conjuncto de vozes indistinctas, sahido do seio das vastas mattas; a luz, que jorra brilhante das perolas engastadas na immensidão azul d'um céo tropical; as ondas inebriantes, embriagadoras, dos perfumes, que de toda a parte se levantam invisiveis; os cantos magicos, doces, harmoniosos, de algumas das aves nocturnas dos climas do novo mundo; e, finalmente, este quê ignoto, indefinivel, que distingue as noutes da America das noutes da Europa, parece que dão á alma mais desejos, aos desejos mais fogo, e ao fogo mais labaredas.

É calido o ambiente. O corpo ressente-se d'este estado da athmosphera, e verga ao pêso d'uma languidez, semilhante á somnolencia voluptuosa produzida pelo opio.

Reclina-se o corpo; os braços pendem como cançados; a cabeça cede naturalmente e cahe meio adormecida; cerram-se os olhos, e n'este estado, que não é somno, nem delirio, nem sonho, nem embriaguez, mas que é um composto suave de tudo isto, o espirito vôa, como as aguias das montanhas, ás regiões formosas do puro idealismo, onde o leva a phantasia ardente, que vegeta dabaixo do sol dos tropicos; a alma anceia em ondas infinitas; o coração palpita fremente de desejos, e ha em tudo, n'esses momentos, um desabrochar opulento, luxuriante, e vigoroso d'essa poesia que se sente, que se gosa, que extasia, que brota, invisivel, das harpas, sempre afinadissimas, do immenso vate chamado--natureza.

Ó noutes do Brasil! ó noutes de poesia e d'encanto! desenrolae o vosso manto de mysterios, e deixae que as juritys arrulem amores nos ninhos aveludados, e os sabiás *desfiem as perolas* dos seus cantos amorosos!

Deixae que cada sêr palpite, que cada amor se expanda, que cada alma se banhe na luz vaporósa do ideal da ventura!

É noute, pois, e noute deslumbrante. O Botafogo repousa depois d'um dia de vida mais. Soaram tres quartos depois das nove horas na torre distante da egreja da Gloria, que, do seu morro, domina a vasta bahia do Rio de Janeiro. As aguas, da enseada do Botafogo estão dormentes, quietas e serenas. São um espelho onde a lua e as estrellas reflectem os seus raios resplandecentes. Vaga mansamente ao longe um barquinho solitario, d'onde, nas pandas azas da viração perfumada, se eleva uma voz sonora, suave e sympathica, soltando no meio do silencio umas estrophes d'amor.

É a voz d'algum vate enamorado? ou d'algum sêr que geme saudades?

Não sei.

O silencio da noute estende-se ainda aos jardins e á chacara de Jorge de Macedo.

O negro cabinda e Magdalena seguem, fallando baixinho, uma das compridas ruas, que vão desembocar ao lago.

Magdalena vae trémula e receiosa. O cabinda animado e faiscando centelhas de fogo dos seus grandes olhos.

--Já lá estará, cabinda? perguntava Magdalena.

--É cêdo ainda, senhora moça.

--Vou com tanto mêdo.

--O negro lá hade estar, minha filha.

--Corre logo, se fôr preciso, ouviste?

--De traz dos maracujás, o negro hade vêr tudo.

Chegaram ao lago. Era completo o silencio. Magdalena entrou para o caramanchão. O negro foi cauteloso collocar-se atraz d'uma das paredes de cipós, que o formavam.

--O negro fica aqui, senhora moça.

--Bem, não falles nem bulas que podes trahir-te.

--Descance a senhora moça.

E Magdalena começou a pensar na imprudencia que estava commettendo.

Todavia, o que não faria ella para receber uma carta de Luiz, de Luiz que amava tanto, e que se ausentára sem tempo, ao menos, para se despedir?

Esteve assim alguns minutos. Ouviam-se apenas o bulir das folhas das mangueiras, a respiração alterada de Magdalena, e o murmurio das aguas, caindo no lago pela boca do tritão de marmore.

O muro, a que se encostava o caramanchão, tinha a altura de metro e meio. Os ramos folhudos d'uma grande tamarindeira furtavam-o, n'aquelle logar, aos raios prateados da lua, deixando-o envolvido n'uma escuridade vaga e indecisa.

De subito a cabeça d'um homem surgiu do lado de fóra; conservou-se attento alguns segundos, como sondando o local, elevou-se depois e saltou para dentro cauteloso.

Era Americo. O negro estava d'espreita e já o tinha sentido.

O mulato rodeou pé ante pé a grande tamarindeira e dirigiu-se ao caramanchão. Vinha receioso em extremo, e Magdalena, que lhe ouvira os passos, não o esperava mais animosa.

Chegou á entrada do caramanchão.

--Magdalena! murmurou elle baixo.

--Senhor Americo! respondeu ella timidamente.

--Esperou muito, não?

--Não; mas agora não posso demorar-me.

--Estamos sós.

--Estamos.

--Ainda bem.

E chegou-se mais a Magdalena e ia a tomar-lhe as maõs, quando ella retirando-as accudiu:

--Perdão, senhor. Creio que foi para satisfazer ao pedido do seu amigo que aqui veio, e já lhe confessei que não posso demorar-me.

--Para satisfazer ao pedido do meu amigo! Não, não foi para isso, minha senhora.

--Para que foi então? acudiu Magdalena de subito.

--Foi para lhe dizer que a amo, que a adoro, que sou louco, muito louco por V. Ex.ª!

--Senhor Americo!

--Oh! não se afflija V. Ex.ª Usei d'este estratagema, porque sei que não conseguiria d'outro modo estar junto de V. Ex.ª Sei que o seu coração se inclina para Luiz, mas V. Ex.ª é que não sabe os sentimentos que o dominam a elle. Julga, no meio da sua ingenuidade que elle a ama tambem, mas creia, que só a ambição o domina. O amor, o fogo, o delirio é nosso, é dos brazileiros, que nascem debaixo d'este sol que queima, e não dos que nascem entre os gelos que petreficam.

--Perdão ainda uma vez, senhor. Ou vem para me dar a carta de Luiz, ou nada tenho que fazer aqui e retiro-me.

--Não; V. Ex.ª não se retira assim. Já que consentiu em me receber a esta hora, hade fazer o sacrificio de ouvir-me.

--Não tenho que ouvir-lhe, senhor.

--Mas tenho eu que dizer-lhe. Diga-me V. Ex.ª: porque ha de acceitar os galanteios calculados de Luiz e desprezar o sentimento verdadeiro que lhe offereço?

--E quem lhe dá o direito de m'interrogar?

--A minha superioridade n'este momento. Esquece-se de que estamos sós?

--Oh! mas isso é...

--Para estranhar talvez, é. Mas V. Ex.ª não sabe, não comprehende os desejos que me devoram. E a indifferença de V. Ex.ª excita-me em vez de esmagar-me. Oh! por piedade Magdalena!

E segurou-lhe uma das mãos, tremulo, nervoso, febricitante.

--Deixe-me, senhor!

E quiz fugir-lhe. Americo, porém, n'um momento d'exaltação deitou-lhe as mãos ás tranças dos cabellos para a deter. Magdalena exforçou-se e poude desembaraçar-se d'elle, deixando-lhe nas mãos uma das fitas que lhe ornavam a cabeça.

--Oh o senhor é um infame!...

--Mas não ha de fugir-me assim!

E seguiu-a continuando:

--Ao menos hei de levar um beijo...

E tinha prendido Magdalena, e ia commetter a infamia, quando sentiu o pescoço apertado vigorosamente por uma mão de ferro. Era do cabinda.

Americo soltou um rugido.

Magdalena exclamou vendo-se livre do mulato:

--Que fazes, cabinda!

--Mato a serpente, senhora moça!

XIII

Houve um momento de silencio, curto, mas terrivel para Magdalena, que, ao ouvir o cabinda, julgou que elle ia espatifar o mulato, e para este tambem, vendo-se em face d'um inimigo tão possante.

A lua inundava, agora, com os seus raios deslumbrantes o palco, onde se representava aquelle drama; e para contraste das paixões, que alli se agitavam, n'aquelle instante, um sabiá, poisado nos galhos d'uma jaqueira, começou a vibrar as doces melodias do seu canto suavissimo.

Magdalena estava tranzída de medo; o mulato espumante de raiva, no meio da sua impotencia; e o cabinda risonho, mas n'uma alegria feroz.

Era um quadro digno d'um pincel aprimorado.

--Mato a serpente, senhora moça! dissera o negro a Magdalena, quando esta lhe perguntava o que fazia, vendo-o agarrado ao pescoço do infame mulato.

Este, ao ouvil-o sentiu-se como aniquilado, mas por um exforço, proprio do instincto dos da sua raça, poude desembaraçar-se do negro, guardou rapido a fita das tranças de Magdalena, que lhe ficára nas mãos, recuou dois passos, e de subito agitou no ar um punhal, cuja lamina pequenina brilhava aos raios da lua.

Magdalena, como que perdida, cheia da coragem, que os grandes lances despertam nas almas mesmo mais fracas, correu para Americo, a suspender-lhe o golpe, que ella julgava imminente sobre o cabinda.

N'este momento, porém, crusava-se no ar com o punhal d'Americo uma comprida e ponteaguda faca, vibrada pela mão vigorosa do negro.

Duas vidas estavam suspensas das pontas d'aquelles dois instrumentos. Os braços podiam descer ao mesmo tempo, e ao mesmo tempo fazerem duas victimas, rasgando dois seios.

E assim aconteceria, se não fosse uma imprudencia de Magdalena, imprudencia que a poderia ter morto, mas que felizmente não teve resultados funestos.

Quando a força dos dous inimigos ia ser empregada em vibrar o golpe, chegava Magdalena collocando-se entre elles.

Suspenderam-se então, mas nos olhos de cada um chammejava feroz a raiva, o odio, uma tempestade, finalmente, horrorosa e tetrica.

--Que faz, senhora moça! gritou o negro.

--Estás doido, cabinda!

--É o que te vale, canalha! acudiu Americo.

--Basta, senhor, d'injurias e d'infamias! Sou mulher e fraca, mas não tenho receio de o mandar calar e de retirar-se!

--Creança!

--Lacaio!

O cabinda era um vulcão latente. Continha-o a presença de Magdalena. No entanto, as forças, ou antes, a paciencia, ia começando a faltar-lhe e ai do mulato se a lava podesse romper!

Americo sentiu-se humilhado com a affronta provocada, e respondeu atrevidamente a Magdalena:

--Ponha essa palavra na bôcca d'um homem e diga-lhe que m'atire.

--Ó senhora moça! deixe-me com elle! gritou o cabinda investindo para Americo.

--Não, que te enlameias!

--Respeito-a porque é mulher, porque é uma creança. Todavia, creia que não ficaremos sem saldarmos as contas.

--Quando quizer. Vamos, cabinda.

E Magdalena, aquella creança que nós conhecemos, bondosa, meiga, delicada, sensivel, tomou, lançando ao mulato o seu olhar expressivo de cólera, o negro pelo braço e arrastou-o consigo, affastando-se em direcção a casa.

O cabinda cedeu, e nem elle era homem que resistisse á sua filha, mas não sem que se voltasse para traz, gritando ao mulato:

--O negro cá fica. Cautella com o cabinda.

Americo tragou a ameaça em silencio e ficou só, no meio da febre da sua exaltação, que pouco a pouco devia ir diminuindo.

Sentou-se e esteve scismando durante alguns minutos. Occorreu-lhe, porém, a lembrança de que o negro poderia voltar, achou-se fraco perante a robustez do seu inimigo e deixou a chacara saltando para fóra.

Estava cançado.

As coisas começavam a correr-lhe mal, e isto exasperava-o mais, que as offensas e as affrontas que havia recebido.

Deixou correr as ideias atraz dos seus desejos de vingança, mas teve um momento em que quasi succumbiu.

Americo, em vez d'um, via, agora, tres inimigos diante de si:--Luiz, Magdalena e o negro.

A lucta era desigual e poderosos os seus contendores.

O primeiro ensejo, a primeira occasião favoravel, fôra de toda perdida, e longe de aproveitar-lhe antes o collocou em mais critica posição.

Os cuidados e as precauções haviam de redobrar-se agora contra elle, e isso obrigava-o, para conseguir os seus fins, a redobrar tambem d'astucias e d'ardis.

No entanto, as esperanças de derrubar Luiz do altar do coração de Magdalena, não o abandonaram de todo. Mais ou menos lá lhe floriam no coração, entre os sentimentos ignobeis da preversidade que o dominava.

No entanto, Magdalena acompanhada pelo cabinda, ao dirigir-se a casa, depois d'aquella scena violenta, que tanto a excitára, ia-lhe dizendo, com ar de quem lhe impunha a sua vontade:

--Olha que não quero que alguem saiba do que se acaba de passar-se.

--Descance a minha filha.

--Nem mesmo ao senhor Luiz, quando chegar, ouviste?

--Nem o branco?

--Nem esse.

--Então o mulato hade ficar assim?

--Perdoo-lhe, Cabinda.

--Mas o negro é que não perdoa senhora moça.

--Ha de perdoar, porque eu assim o quero.

--E se elle voltar? o mulato é mau...

--Se voltar, fallaremos então.

--Oh! senhora moça! o negro tem bom olho e pulso forte. E o cabinda estende-o logo como o caçador á onça do mato.

--Já te disse que não fazes nada.

--A minha filha manda.

--E tu obedeces.

Tinham chegado á escadaria de pedra que conduzia á habitação. A preta Maria, que era a mucamba de Magdalena, uma especie de creada grave, vinha descendo já para ir procural-a, estranhando que contra o seu costume, a senhora moça andasse pela chacara áquella hora.

Magdalena apenas a viu perguntou logo:

--Onde vaes, Maria.

--Ia procurar a senhora moça.

--Ainda bem que te poupo esse trabalho. Fui passear até ao lago, acompanhada do cabinda.

--Eu não via a senhora moça, e fiquei logo com cuidado.

--Obrigada. Estava a noite tão bonita que não pude resistir-lhe.

--Fez bem, senhora moça.

--Pergunta ao cabinda, como, na grande tamarindeira, do lago, estava cantando um sabiá!

--Bonito, Maria!

E n'isto foram entrando em casa.

Perto da meia noite entrava tambem o mulato no seu quarto da rua dos Pescadores. Levava estampado no rosto a expressão d'um grande descontentamento. A decepção que soffrera fôra grande e, sobre tudo, inesperada.

Depois, não era só isto o que o preoccupava; era tambem a ideia de que tinha ainda novas scenas, apenas Luiz chegasse, porque tinha como certo que

Magdalena não deixaria de narrar-lhe a sua ousadia, e tudo quanto tinha acabado de passar-se.

Americo reconhecia agora a falsidade da sua posição.

Além d'isto, se todas estas coisas chegassem aos ouvidos de Jorge, era mais facil que elle perdoasse a Luiz, e attendesse aos rogos de Magdalena, sua filha, do que esquecesse a infamia tentada por Americo.

O que elle tinha como certo; era que as coisas depois dos ultimos acontecimentos, dessem de si, tivessem um resultado qualquer. Luiz era um homem de dignidade e a isto juntava agora todo o amor que o inflammava. E bem ameaçado deixára o mulato antes de partir para Macahé, fazendo-lhe sentir que Magdalena lhe era uma pessoa sagrada, e que teria de justar com elle todas as contas, se de qualquer modo a offendesse, injuriasse ou affrontasse.

Todavia, Americo, apesar de sentir o peso de todas estas reflexões que lhe suggeria o seu espirito, não deixava, ainda assim, de conceber uma esperança. Desanimar, não desanimava.

Tinha a pertinacia dos da sua raça pouco pura, a teimosia dos que, dotados de maus sentimentos e indole perversa, não duvidam nem hesitam em ir augmentando o mal, para conseguirem os seus fins, á medida que os obstaculos, que as barreiras se vão levantando.

Era por isso que o mulato, no silencio do seu quarto, examinando agora o bilhete de Magdalena e a fita de sêda que as tranças dos cabellos d'ella lhe deixaram

nas mãos, dizia com expressão de grande malvadez:-
-Ainda cá está isto! Valem e podem muito estes
objectos!

XIV

Passaram-se quatro dias sem acontecimentos dignos
de mencionarem-se. Magdalena ia gemendo as suas
saudades; o cabinda cuidando dos jardins e da
chacara, e Americo curtindo os ardentes desejos da
suspirada vingança.

Ao quinto dia surgiu Luiz, regressando de Macahé.

Vinha ancioso o pobre moço; eram vehementes os
desejos de vêr Magdalena.

Depois, como a todos os namorados, como a todos
aquelles que se alimentam do fogo sagrado do amor,
Luiz sentia d'um lado as venturas de ter acabado com
uma ausencia, que lhe era extremamente dolorosa, e
sentia, do outro, os espinhos afiados, com que o
estava ferindo a ideia de que Magdalena o tivesse
esquecido, o tivesse abandonado.

Era a duvida, d'um lado, com toda a sua escuridão,
com toda a sua noute; e a esperança, do outro, com
os resplendores vivissimos do seu formoso sol, com
todos os suaves perfumes das flôres da sua
primavera.

Além d'isto avultava tambem a incerteza sobre o
procedimento do mulato, seu socio.

Teria elle respeitado Magdalena?

Teria commettido alguma infamia, durante os quatro dias e meio da sua dolorosa ausencia?

Ninguem podia responder-lhe; e ávido de saber tudo isto, ávido de vêr Magdalena, de fallar-lhe, de a ouvir, de lhe escutar ainda uma e muitas vezes um protesto d'amor, é que elle entrava agora em casa, trazendo tambem a consciencia satisfeita, pelo bom desempenho da commissão, de que fôra encarregado.

Americo não o esperava de volta tão cedo, e sentiu o que quer que é ao vêl-o entrar, porque estremeceu, e empallideceu subitamente.

Presentiu, naturalmente, a violencia das tempestades, que iam desencadeiar-se, e depois de revolto o mar, quem poderia assegurar-lhe a salvação, ou evitar-lhe um naufragio?

Esperanças, pelo menos, de fazer mal a Luiz, tinha-as elle, embora poucas, mas assentes em que base é que elle não sabia. Resultados da sua indole, da sua perversidade.

Em todo o caso, desistir da lucta, nunca! Seria uma cobardia, uma vergonha immensa, uma nodoa indelevel, segundo o seu parecer, e a isso preferia antes o esmagamento, uma quéda, uma derrota completa, que lhe inutilisasse todos os recursos. Então sim, antes d'isso, não desistiria dos seus intentos.

No entanto, Luiz, entrando em casa, ás oito horas da manhã quiz mostrar-se generoso, ou antes, que tinha confiança em si e em Magdalena, e dirigiu-se a

Americo, cumprimentando-o, como que se um resentimento o não estivesse remordendo intimamente.

O mulato respondeu cortezmente, mas com certa frieza.

A sua pallidez, ou antes a mudança de côr que se operara no seu rosto, com a entrada inesperada de Luiz, desapparecceram após as primeiras impressões, para dar logar á viva expressão dos desejos que o assaltavam de recomeçar a luta com o seu antagonista.

Tinha o mulato para si, que devia romper, e romper logo, a fim de ganhar sobre o seu adversario a força moral de que precisava. Era uma estrategia boa na apparencia, mas falsa, sem duvida, pelos resultados.

Luiz tambem não era homem para succumbir; dava-lhe alentos o seu amor, e além d'isso era... portuguez!

Ás oito horas e meia entrava Luiz no escriptorio, depois de se ter preparado.

Americo lá estava, sentado a lêr a correspondencia.

Nem sequer olhou para o seu socio.

--Fez-se algum negocio? começou Luiz.

--Bastante, respondeu Americo seccamente.

--Houve alguma novidade, durante estes dias que andei por fóra?

--Importante nenhuma. Apenas uma entrevista que me deu Magdalena, uma d'estas noites, aproveitando para isso a tua ausencia.

Luiz sentiu-se como ferido por uma profunda punhalada, e levantou-se subitamente com a pallidez no rosto, o fogo nos olhos e umas temiveis convulsões nas mãos.

--Mentes! bradou o moço.

--Mentirei...

--Mas como um vilão!...

--No entanto tenho as provas comigo.

--Mostra-as, se és capaz!

--Julgas então que era chegar, vêr e vencer! Enganas-te. Magdalena disfructava-te, porque fazia de ti um brinquedo, com que se divertia, sem nunca pensar em tomar a sério os teus protestos d'amor.

--É falso, repito! E senão mostra-me as provas ou esmago-te como quem esmaga um reptil venenoso!

--Tenho-as aqui e parece-me que bem claras.

--Fazes-me perder a razão, e depois...

--Conheces esta letra? lê...

E Americo deu a Luiz o bilhete em que Magdalena lhe concedia a entrevista.

--E, mais do que isso talvez... tens ainda aqui esta fita da trança dos seus cabellos... Que dizes agora?

Luiz nunca na sua vida sentira o que estava sentindo n'aquelle momento. Era o ciume, a raiva, o desespero e o odio, confundidos, misturados, amalgamados, n'um sentimento que a penna não póde traduzir.

Vacillava-lhe a razão, fugia-lhe a vista, em face d'aquelle bocadinho de papel, que lhe estava queimando as mãos, como fogo do inferno. Era incrivel, mas era a realidade! conhecia a letra de Magdalena, reconhecia tambem a fita que lhe prendia os cachos dos cabellos negros, na tarde d'aquelle jantar saudoso. Luiz desejava duvidar do que estava vendo, mas como, se as provas estavam agora na sua mão! Passou-lhe por diante dos olhos a visão medonha da vingança. Mas a Providencia não desampara os que bem lhe merecem, e limitou-se apenas a exclamar:

--Tão infame é ella como tu!...

--Então já não duvidas? perguntou Americo, attendendo apenas ao estado em que Luiz se achava, e importando-se pouco com as injurias que elle podésse dirigir-lhe.

--Não sei. Todavia quem me affirma que Magdalena não foi forçada a escrever estas linhas, a pôr o seu nome n'esta folha de papel e a entregar-te ou a mandar-te esta fita? Quem?

--Com isso poderá ella desculpar-se se lhe fores agora pedir contas do seu procedimento, bem o sei, mas pouco importa, porque esse bilhete falla bem alto.

--Oh! mas isto é incrivel! isto é um sonho!...

--Não é sonho, não. É a realidade. Acceitaste a lucta, batalhamos. Quando julgavas haver vencido, vês a victoria do meu lado. Acontece muita vez. Além d'isso, que dotes ha em ti que te recommendem mais que a mim? O seres portuguez? o seres branco? É justamente por isso que menos devias confiar em ti. Se tenho côr... sou brazileiro!

--Em todo o caso abusaste da minha ausencia e o teu procedimento não póde ser classificado senão de infame!

--Embora! com tanto que eu vença...

--Isso é o que ainda não está decidido. Não julgues que fico com o que me dizes. Heide indagar, heide empregar todos os esforços para descobrir a verdade. A letra do bilhete e a fita de sêda são de Magdalena, não ha duvida, mas se para as conseguires empregaste alguma violencia, commetteste alguma infamia, ou abusaste de qualquer modo, não te perdôo, Americo; as contas serão então comigo.

--Que pretendes, pois, fazer?

--Indagar a verdade, dissipar esta duvida que me atormenta!

--Como? Fazendo publico que a filha do teu amigo, do teu socio deu a um homem uma entrevista a horas inconvenientes? Queres deshonral-a d'esse modo? Queres dar esse desgosto ao teu protector?

--Muito cynico és, Americo! bradou Luiz espumante de cólera. E tu, canalha, não te lembraste que devias a esse homem tanto como eu, para lhe illudires a filha! Qual de nós a deshonra mais? eu que me julgo hoje com direito de lhe pedir contas de seu procedimento, ou tu que abusaste necessariamente da sua ingenuidade, ou a estás infamando, faltando á verdade, e então és duplamente abjecto e criminoso?

--Indaga.

--Heide indagar, sim. E ai de ti se ousaste calumniar, quem só devia merecer-te todo o respeito.

--Em todo o caso restitue-me isso.

--O bilhete e a fita? nunca!

--São meus.

--Que importa,

--Importa muito. E, ou m'os dás ou...

--As ameaças depois, agora... a verdade!

E Luiz ia a retirar-se quando ouviu no armazem a voz de Jorge que havia entrado.

O mulato estremeceu de medo. Comtudo, já tinha a consolação de ter amargurado e bem o coração de Luiz.

Este, apenas deu a Jorge conta do bom desempenho da missão de que fôra encarregado a Macahé, sahiu, deixando-o no armazem com Americo.

O pobre moço ia fóra de si, como perdido, desvairado, e, diga-se a verdade, bastante indisposto com Magdalena, porque acreditava mais ou menos no seu perjurio.

N'este estado, seguiu para o Botafogo.

XV

Eram onze horas quando chegou.

Magdalena havia acabado d'almoçar e viera para o salão, no proposito de espalhar saudades com o seu piano, com o seu discreto confidente, mas esqueceu-se d'elle, embebida na leitura do suavissimo *Camões* do nosso immortal Garrett.

Estava lendo, a meia voz, estes admiraveis versos:

«Longe, por esse azul dos vastos mares,

Na solidão melancólica das aguas,

Ouvi gemer a lamentosa alcyone

E com ella gemeu minha saudade...»

quando Luiz surgiu á porta, através do reposteiro, que a velava.

Vinha pallido, como que acabrunhado, mas luziam-
lhe nos olhos as chammas rubidas do fogo do ciume,
do desespero e da descrença.

Magdalena não o esperava e, ao vêl-o entrar deixou
cahir o livro das mãos e correu para elle, gritando
commovida:

--Ah! ainda bem que veio!

Luiz recebeu-a com frieza, furtou as mãos ás mãos
d'ella que as procuravam, e recuou dous passos
dizendo:

--Perdão, minha senhora, se venho interrompel-a!

--Luiz!... acudiu ella, vendo o modo como elle se
apresentava.

--Não venho aqui, minha senhora, para continuar a
ser o ludibrio dos seus caprichos de creança!
Lamento as horas que perdi, pensando em V. Ex.ª,
como se pensa no nosso anjo da guarda, como se
pensa na visão seductora dos sonhos do nosso amor
purissimo...

--Desconheço-o... Porque me falla assim? interrogou
Magdalena com a voz em lagrimas.

--Porque? Ainda m'o pergunta? Porque vejo que V.
Ex.ª é uma mulher, como todas as mulheres, vulgar,
sem um ponto unico que a eleve acima do nivel das
outras, quando a julgava um anjo, um ente superior,
uma d'estas pombas immaculadas, que o mundo não
sabe apreciar, infelizmente! Porque a julgava uma
perola de subido valor, e vejo agora que é apenas a

concha da praia, sem merito de qualidade alguma! Porque a tinha como flor, capaz de perfumar com toda a felicidade os dias d'amor, que lhe depunha aos pés, e venho encontral-a rosa eivada de milhares d'espinhos envenenados! Porque lhe vi o mel nos labios, a doçura na voz e o céo nos olhos, quando, afinal V, Ex.ª só preparava a victima para lhe despedir a punhalada! Porque a julguei sincera, no meio do devanear sublime do meu sentimento affectuoso, quando tudo em V. Ex.ª era a mascara, debaixo da qual se escondia uma grande hypocrisia... toda a sua preversidade, emfim!

--Oh! eu não lhe mereço isso! exclama ella com duas lagrimas nas pupillas.

--Bem sei; são ainda as lagrimas do crocodillo! Era realmente bonito, e sobretudo, digno de V. Ex.ª que um homem andasse a rojar-se-lhe aos pés, a entregar-lhe tudo, pensamentos, alma corpo, vida, futuro, crenças e aspirações, em quanto que V. Ex.ª, zombando da sua fé, zombando do sentimento e da sinceridade d'esse homem, se ria, brincando com elle, como se brinca com um objecto qualquer, que nada vale! Era realmente bonito, era, e, sobretudo, uma grande gloria para V. Ex.ª! O que não sei é como V. Ex.ª vivendo isolada desta sociedade corrompida e depravada, põe em prática os principios da philosophia d'ella! O que não sei é como V. Ex.ª, sendo tão nova, tem já tanta maldade!

--Por piedade, Luiz, não me accuse, não me affronte d'esse modo, porque eu estou innocente!...

--Innocente!...

--Innocente, sim! E se não, diga-me qual é o meu crime, a minha culpa, o meu peccado!...

--Ainda m'o pergunta! Já o esqueceu, talvez, como pôde esquecer que invocára, n'um momento de hypocrisia, a memoria sacratissima de sua mãe, para me fazer um protesto d'amor!

--Oh! muito, eu... bem vê que não tenho forças para tanto!... soluçou ella, inundada de lagrimas.

--É muito! é muito! diz V. Ex.ª! O que não será, então, rojar um homem aos pés d'uma mulher todas as flores purissimas do seu amor primeiro, acolher cheio d'esperanças um sorriso. d'amor d'essa mulher que lhe fica sendo vida, ar, luz e tudo, para depois, esquecendo a loucura d'esse homem, aproveitar uma curta ausencia para dizer a um outro:--Venha que o espero a tantas horas da noute! O que será isto, minha senhora, se acha muito o que me está ouvindo?

--Oh! foi ainda por sua causa, Luiz, mas perdoe-me!

E Magdalena cahiu-lhe de joelhos aos pés, soluçando convulsivamente.

Eram as consequencias da sua imprudencia!

--Por minha causa! disse Luiz ironicamente. Nada creio, nem quero justificações. Foi porque assim o quiz e fez muito bem. E V. Ex.ª teve razão. Pois quem era, quem sou eu? Um homem sem fortuna, sem um nome pomposo, expatriado, d'uma familia humilde e ignorada, que tem apenas por brazões as gotas do suor do seu trabalho, por timbre a honra, por divisa, a virtude, em quanto que V. Ex.ª é a senhora D. Magdalena, a filha riquissima, a herdeira unica do ex.ᵐᵒ capitalista Jorge de Macedo!

Magdalena, profundamente magoada com as palavras de Luiz, sentiu uma violenta commoção nervosa, levantou-se de subito, recuou dous passos, perfilou-se, e exclamou n'uma como explosão, que era a prova mais evidente da dôr aguda que estava sentindo:

--Basta, senhor! nem tanto! Não se abusa impunemente da fraqueza d'uma mulher, e é mais que crueldade estar a fazer-lhe derramar lagrimas de sangue! Envergonho-me agora de as ter chorado e lamento devéras a loucura, que me obriga a esta humilhação em que me vejo, ha meia hora, na sua presença! Confiou muito pouco em mim, senhor Luiz, e muito menos, ainda em si. Julgou-me uma creança imprudente, uma mulher vulgar, uma mulher leviana! Estava no seu direito! O que não tinha era direito para me insultar as lagrimas de que me arrependo agora, porque não merece! Não quer justificações; pois bem, não as terá e se acaso voltar a pedir-m'as não se admire de lh'as recusar!

--Ah! e, demais a mais, é orgulhosa!

--De certo. Pois que esperava, vindo provocar-me tão pouco benevolamente?

--Que tivesse menos hypocrisia e mais consciencia.

--O senhor Luiz esquece-se, de certo, que está fallando com uma mulher! Consciencia!

--Consciencia, sim, minha senhora. E fallo-lhe d'este modo, porque tenho aqui as provas! Veja-as, analyse-as, reveja-se V. Ex.ª n'ellas. Ahi lhe ficam. O que unicamente lhe peço, é que se esqueça para sempre de mim, e que creia, que, apesar de tudo, a desejo ver muito e muito feliz!

E deixou-lhe em cima do piano o bilhete que ella havia escripto a Americo, e a fita, que dos cabellos, elle lhe levára, n'aquella noite fatal da entrevista junto ao lago.

Magdalena, vendo sahir Luiz, cahiu n'uma cadeira, apertando o seio convulso com uma das mãos, amparando a cabeça com a outra, e exclamando, debulhada em pranto:

--Ah! é assim que se paga um amor como este!...

E soluçava nervosamente, vertia lagrimas copiosas!

Pobre creança!

Começava a amar, e logo as primeiras flores desabrochavam espinhosas! As auroras esplendidas dos primeiros dias d'amor sumiam-se mal despontavam, e após os primeiros sorrisos vinham logo as vicissitudes do soffrer.

E como ella não soffria agora!

Luiz fôra cruel tratando-a tão asperamente, mas é certo que não podia fugir a uma explosão d'aquellas. Depois da tempestade viria a bonança, depois das arguições o arrependimento.

Em theoria ninguem deixará de censurar o pobre moço, mas na pratica, nenhum d'aquelles que se vissem em circumstancias iguaes, deixaria de fazer o que elle fez. Era uma coisa que o coração lhe exigia, uma satisfação dada ao sentimento, que lhe estava quasi abafando a respiração.

Deixar d'amal-a, não deixava elle, e este incidente, que dera causa a lagrimas, d'um lado, e mágoas do outro, não fez senão accender-lhe mais as labaredas que lhe queimavam o seio.

Todo o amor tem a sua cruz e o seu martyrio, como tem a sua redempção e as suas alegrias.

Magdalena estava soffrendo os martyrios e o peso da cruz do seu amor. A redempção e as alegrias haviam de vir tambem; não podiam faltar, sobretudo a quem era tão digna d'ellas.

No entanto, a formosa menina estava chorando, e sem esperanças de remover a tempestade, que uma imprudencia, filha ainda do seu immenso amor, havia feito desencadear.

N'isto entrou o cabinda; vinha trazer á sua filha um ramo de flores do jardim. Ficou, porém estupefacto, vindo encontral-a soluçando, quando esperava achal-a contentissima.

O negro correu para ella, presentiu as dores que a alanceavam, soffreu com ellas como se foram proprias e cahiu-lhe, de joelhos, aos pés, exclamando:

--Porque chora a senhora moça? o que tem a minha filha?

--Sou muito desgraçada, cabinda!

--O branco...

--Maltratou-me... sahiu... já me não ama!...

O negro levantou-se de subito. Fervia-lhe nas veias o sangue da sua pura raça africana. Passou-lhe pela mente uma ideia terrivel; os olhos fuzilavam-lhe relampagos, as mãos tremiam-lhe convulsivamente. Cahiu-lhe d'ellas o ramo de flores, quando elle exclamou:

--Oh! o branco é bom! Foi o mulato! o mulato é mau! Mas o cabinda ainda cá está, e a minha filha hade ser muito feliz!

XVI

Eram quatro horas da tarde, approximadamente, quando Jorge regressou á chacara, depois de ter deixado o armazem.

Magdalena chorava sósinha no seu quarto.

Sympathicas lagrimas aquellas!

Eram as lagrimas verdadeiras, das dôres d'um amor casto, puro e ardente, deslisando silenciosas, como perolas finissimas, pelas faces assetinadas do rosto d'um anjo, cahindo e sumindo-se no seio, de dentro do qual ellas brotavam!

Eram as flores pallidas, destoando muito das rosas frescas, das candidas açucenas, dos lyrios perfumados, d'um vasto jardim de crenças!

Eram as nuvens crepusculares, velando um pouco o sol d'aurora deslumbrante d'um olhar limpido e formoso, em que se reflectia o céo, com toda a magia dos seus infinitos esplendores!

Eu não sei, mas creio que nada ha mais attrahente do que as lagrimas d'uma mulher, moral e physicamente bella, quando, em cada uma, ha os aromas embriagadores d'um grande sentimento; quando, cada uma traduz, na sua mysteriosa, mas eloquente linguagem, uma estrophe melodiosa d'uma paixão ardente, mas pura, casta e honesta.

Parece-me que não.

As lagrimas teem então a fascinação irresistivel da sympathia, teem o condão poderoso do magnetismo, que attrahe, e enleva, e encanta.

Eram assim as lagrimas da Magdalena.

No entanto, o momento d'exaltação havia passado; haviam cessado os pequenos assomos de cólera, que lhe despertaram as asperezas, com que fôra tratada por Luiz.

Após o seu desabafar, por meio d'uma explosão, em que a vimos, reagindo contra as palavras do sympathico moço, que a estavam ainda ferindo tão injustamente, veio a reflexão e com ella a desculpa, com a qual Magdalena ia já cobrindo Luiz.

Um amor verdadeiro perdoa sempre, porque não deixa de ser amor. Exalta-se facilmente, até com as coisas mais pequeninas, que não lhe escapam, que elle descobre sempre, mas não resiste nunca a proclamar a sua absolvição.

Se é amor verdadeiro!...

Luiz apezar d'aquella scena violenta, d'aquellas arguições irreflectidas, d'aquellas arrogancias geradas pelo seu sentimento ferido e julgado em desprezo, era ainda o eleito de Magdalena, era ainda o homem por quem palpitava o seu coração, por quem floriam as rosas brancas da sua alma candida e perfumada.

Atravez do tenue véo do resentimento em que ella estava, e que mais ou menos a dominava, jazia ainda, illuminada pelos raios deslumbrantes do sol do amor, a imagem de Luiz, a imagem do primeiro homem que a impressionára, e que ella não podia deixar de contemplar com olhos affectuosos, de acariciar com a ideia, de ameigar com o sentimento.

Pobre creança, que o amor começava por beijar tão phreneticamente!

Pobre avesinha, a quem tentavam impedir os primeiros vôos!

Jorge chegou, pois, do armazem, e estranhou que Magdalena o não estivesse esperando, como era de costume. Fizeram-lhe falta os doces beijos, as suaves caricias, as meiguices consoladoras, com que a filha adorada o acolhia sempre no topo da escadaria.

Entrou e perguntou por ella. Tivera um presentimento o seu coração de pae affectuosissimo. Responderam-lhe que estava no quarto. Dirigiu-se immediatamente para lá, pensando, fóra de qualquer duvida, que Magdalena, a não estar encommodada, não faltaria a esperal-o, com os seus affagos de filha estremosa.

A porta estava fechada por o lado interior, e esta circumstancia mais sobresaltou ainda Jorge.

--Magdalena! chamou elle, batendo mansamente. Ouviu dentro um leve ruido, mas ninguem lhe respondeu. Era Magdalena que tentava limpar as lagrimas e dar ao rosto e aos olhos uma expressão que não a trahisse.

--Magdalena! minha filha! volveu Jorge, batendo segunda vez, e já um pouco opprimido.

--La vou papae!

Jorge serenou-se, ouvindo-a. Magdalena abriu effectivamente a porta, e, diga-se a verdade, mais para occultar que havia chorado, do que por extremos d'affeição filial, lançou-se-lhe ao pescoço, tentando assim encobrir o rosto.

--Papae! disse ella com voz meiga.

--Estou muito zangado comtigo! disse elle, beijando-lhe os negros e formosos cabellos.

--Comigo? continuou ella cada vez mais acariciadora e mais impressionada. Porque?

Jorge desprendeu a filha de si, tomou-lhe delicadamente a cabeça nas mãos, e imprimiu-lhe um novo beijo na fronte, ébrio d'affeição paternal.

--Porque! Ainda m'o perguntas!... Mas, que tiveste, ajuntou elle, mudando subitamente d'expressão, que ainda tens nos olhos os vestigios das lagrimas?

--Eu? respondeu Magdalena, tentando illudil-o.

--Tu, sim, minha filha; então não estou eu vendo que choraste.

--Não, papae, engana-se.

--Diz a verdade, Magdalena.

Magdalena, debaixo da impressão que a dominava fôra, pouco e pouco, sentindo subir de novo do coração aos olhos as lagrimas, que tentava sopear. Era um vulcão latente, prestes a romper n'uma erupção medonha. Quando, porém, Jorge instava ardentemente para que ella lhe revelasse a verdade, a afflicta menina não poude conter-se por mais tempo, não poude, nem por mais um momento, domar as ondas que lhe referviam no seio, e lançou-lhe novamente os braços ao pescoço, occultando o rosto, e exclamando soluçante:

--Sou muito desgraçada, papae!

E as lagrimas represadas romperam o dique que as detinha, cahindo copiosas dos olhos negros e formosos de Magdalena.

Jorge sentiu uma dôr aguda, profunda e intensa, dentro do seu coração de pae, de pae que via a unica filha, a sua maior affeição no mundo, a chorar, chamando-se desgraçada!

Elle que daria tudo, a vida até, para que Magdalena não soffresse uma dôr, uma unica, pequenina que fosse, sentiu-se quasi desfallecido, com a dolorosa scena porque estava passado. Longe, bem longe, de vir encontrar a filha estremecida n'aquelle estado lacrymoso, antes pensava vir achal-a contente, alegre e ditosa, que n'isso ia um dos seus maiores cuidados, que para isso trabalhava elle constantemente.

Todos os paes são extremosos e dedicados, e não ha desgosto, por maior, que possa fazer estancar a fonte limpida das affeições paternas. Jorge de Macedo, era porém, duplamente affeiçoado a sua filha, porque era ao mesmo tempo, pae e mãe. Beatriz, sua esposa adorada, partindo d'este exilio, chamado mundo, para a vida d'alem-tumulo, legou-lhe, não só o thesouro d'uma filha para consolo das suas dolorosas saudades, senão tambem as joias do subido affecto com que amava o fructo formoso do seu verdadeiro e acrisolado amor.

Foi por isso que elle, ao ver Magdalena n'aquella explosão de pranto, sentiu cravar-se-lhe no seio um como punhal d'aguçadissima ponta.

--Desgraçada, minha filha?! exclamou elle pallido e convulso. Por piedade, diz-me o que tens!

--Oh! soffro muito... muito!... balbuciou ella, soluçando ainda.

--Filha! minha filha, não me mates! Diz-me o que tens, conta-me o que te aconteceu!

E Jorge beijava-a phreneticamente, bebia-lhe as lagrimas que cahiam crystallinas, quatro a quatro, e affagava-lhe os cabellos fartos, que se haviam desatado pendendo em duas grossas e luzidias tranças.

Magdalena não podia fallar suffocada pelo pranto. Jorge, porém, cada vez mais afflicto, continuava n'uma dolorosa anciedade:

--Falla, filha. Tens aqui o coração d'um pae, doido d'amor por ti, para acolher as tuas mágoas, como tem acolhido sempre os teus sorrisos. Magdalena... Magdalena...

--Deixe-me descançar, papae... deixe-me serenar, e não se afflija....não?

--Então para que choras d'esse modo?

--Oh! exclamou ella, porque sou uma creança, papae!...

E sentou-se, como para descançar d'uma grande fadiga. O seio arfava-lhe com violencia. Tinha no rosto a pallidez sympathica, que tantas vezes inspira os poetas, e as mãos delicadas entrelaçadas uma na outra. Jorge, ao vêl-a sentada, ia ajoelhar-se junto d'ella, para mais uma vez, e carinhosamente, a interrogar, mas ella obstou a isso, accudindo de subito:

--Não, papae, sente-se aqui, ao meu lado...

--Mas conta-me o que tens, minha filha, disse elle, sentando-se. Bem sabes como devo estar soffrendo!

Magdalena, que conhecia bem a grandissima affeição, que seu pae lhe votava, e por consequencia, que bem avaliava as dores que o estavam alanceando, encheu-se de coragem, e disse-lhe, tomando-lhe as mãos:

--E não se zanga comigo?

--Não, minha filha.

---Então ouça-me.

E Magdalena relatou a Jorge tudo quanto se passára, desde o jantar dos seus annos até á scena violenta, que dera logar áquellas afflições e áquellas lagrimas. Mencionou tudo, não esquecendo a minima das circumstancias. Jorge estava ouvindo-a mais que admirado, n'um silencio profundo, religioso até. Sentia-se chocado, grandemente chocado, e, para isso bastava apenas a surpresa que ia recebendo, porque bem longe andava elle de suppôr siquer o que se havia passado.

Alma sensivel, porém, Jorge ia ouvindo a filha adorada, e não a condemnava, não. Elle tambem tivera sonhos na sua mocidade, e a narração de Magdalena fez-lhe passar, deante dos olhos do espirito, os primeiros dias floridos do seu amor e do amor da sua querida Beatriz. No entanto, ao saber das tentativas arrojadas de Americo, na noite da entrevista, junto ao lago da chacara, Jorge não poude occultar a sua exaltação e levantou-se exclamando:

--Infame! Era assim que me queria pagar o quinhão da minha fortuna, que ha dias lhe dei!...

E Magdalena proseguiu na exposição dos acontecimentos. Nada escondeu, nada furtou, nada occultou, de quanto se havia passado, e só a verdade presidiu a narração de cada facto. E tambem, para que havia de obrar de outro modo? Não era Jorge seu pae? e uma pae tão benevolo? tão meigo? tão bondoso?

Elle, quando Magdalena acabou, para mais a tranquilisar, affagou-a, dizendo-lhe:

--Não te afflijas, minha filha. O que preciso é que me digas se gostas muito do senhor Luiz, mas que me digas a verdade.

--Oh! muito, meu papae!

--E não te enganarás?

--Não, eu bem o sinto.

--Então ainda hasde ser muito feliz.

Momentos depois, partia o cabinda do Botafogo para o Rio, no vapor da carreira, com a seguinte carta de Jorge para Luiz.

Meu socio e amigo.

«Para negocios de gravidade preciso, ainda hoje mesmo, fallar-lhe e ao senhor Americo. Rogo-lhes pois o obsequio de chegarem aqui, onde os fica esperando o seu

Socio amigo, etc.

Jorge de Macedo.»

E em quanto o negro transpunha a distancia que vai do Botafogo á cidade, ficavam Jorge e Magdalena entregues á refeição do jantar, conversando já mui animadamente, muito contentes, entre os perfumes suavissimos das flores formosas do affecto que lhes enchia as almas.

XVII

Não ha nada mais caprichoso do que o coração humano, e, por consequencia, nada mais enigmatico, nada mais incomprehensivel. Prende-se muitas vezes com as cousas mais simples d'este mundo, e olha, outras tantas, com indifferença para sacrificios, que, d'um só jacto o deviam attrahir para sempre. Ora se exalta, ora se humilha pelos mesmos motivos, e nas mesmas circumstancias; ora se lamenta e ora sorri com a mesma causa, indo, muitas vezes, até ao ponto de juntamente chorar e rir, de implorar e impôr-se!

Eu não sei, mas creio que de todas as sciencias, a sciencia do coração é a mais difficil, a mais transcendente, a mais impyrica.

O coração offende-se com cousas pequenissimas, que muitas vezes não perdôa, e é capaz de não se offender com cousas de vulto, ou de facilmente as esquecer e perdoar!

Luiz ainda não tinha chegado ao Rio e já ia arrependido das asperezas que dirigira a Magdalena!

Já a julgava innocente, e incapaz da trahição, que lhe imputou durante os momentos de mágoa e de colera do seu amante coração.

Em verdade, passados os primeiros impetos, serenadas as primeiras impressões violentas, Luiz começou a recordar os protestos de innocencia de Magdalena, viu as lagrimas que ella derramou, atravez d'um prisma muito menos carregado, e convenceu-se de que só uma injustiça as fizera derramar, e censurou-se a si mesmo pela precipitação com que procedera!

Tivera tentações de retroceder para, tanto quanto podésse, desfazer o mal que originara, mas era impossivel pelo adiantado da hora.

As lagrimas da formosa menina estavam-lhe pesando na alma e no coração, d'um modo terrivel. Elle, depois de passada a grande exaltação que o dominára, não podia attribuir a Magdalena um crime tamanho. Era nova de mais para tanta maldade, muito innocente e ingenua para tanta hypocrisia, e assaz bondosa para tamanha crueldade.

Alli a grande infamia, o grande mal fôra necessariamente commettido pelo mulato, fôra fatalmente tramado por Americo.

Que mal havia feito Luiz a Magdalena para que ella se vingasse d'elle d'um modo tão barbaro e tão cruel?

Depois, a memoria de sua mãe tão solemnemente, invocada n'um protesto de fidelidade e de amor, seria uma cousa tão pequena, que se olvidasse, unicamente para satisfazer um capricho, para attrahir mais um galanteio?

Não era crivel.

Magdalena estava innocente, e com esta convicção entrava Luiz em casa, na rua dos Pescadores, apezar da scena violenta em que o vimos, apezar de toda a sua inexorabilidade, durante a meia hora em que se achou na presença d'ella.

No entanto, como havia agora de remediar o mal feito?

Uma confissão sincera d'um sincero arrependimento era a unica solução do problema.

Seria, porém, bem acceita? Ouvil-a-ia Magdalena? Quebraria ella o seu orgulho, altamente despertado e inflamado pelas injustiças que elle fez ao seu caracter, á sua lealdade e ao seu coração?

Isto lançava-lhe uma duvida no espirito, e esta duvida era um punhal aguçadissimo que o feria dolorosamente.

Entrou em casa preoccupado com tudo isto, nas alternativas do receio e da esperança d'uma absolvição e d'uma condemnação.

Americo sahiu-lhe quasi ao encontro, e apenas o viu fitou-o expressivamente, como tentando lêr-lhe no rosto quanto se lhe passava na alma.

Luiz nem sequer lhe deu as honras de o olhar. Seguiu para o escriptorio, na firme resolução de completamente desprezar o infame, decidido a castigar-lhe a menor insolencia.

O mulato, porém, não era homem que se contentasse em estudal-o silenciosamente; embebido na ideia de conseguir os seus fins, pouco lhe importavam os meios e até as consequencias.

Dirigiu-se tambem ao escriptorio.

Luiz estava sentado escrevendo uma carta. Americo olhou-o, viu a severidade do seu rosto, mas nem assim recuou.

--Então? perguntou elle.

Luiz sentiu como que subir-lhe o sangue á cabeça e turvar-se-lhe a vista, mas não respondeu. Chamava a prudencia em seu auxilio, porém o desafio d'Americo era forte de mais para que lhe podesse resistir.

--Então? interrogou novamente o mulato com ar de refinado cynismo.

Luiz guardou ainda silencio durante alguns segundos, mas occorreu-lhe a ideia de que o seu silencio poderia traduzir-se por cobardia ou humilhação e volveu-se então para o mulato, fitou-o corajosamente e perguntou tambem com voz firme:

--Então o que!

--Qual de nós vence? acudiu Americo sorrindo.

--Ainda o duvidas canalha! Pois não o duvides, infame. Ha-de vencer o justo, que sou eu, tão certo como seres castigado, que és o despresivel.

--N'esse caso provou-se a innocencia da menina?

--Provou-se que és um salteador infame e cobarde, da honra dos que te chamam amigos e te sentam á sua meza, que é o mesmo.

--Vê que me insultas! se não apresentas as provas!

--Quem desce a isso, biltre! Teme o castigo e não peças as provas!

--Ah! ah! ah! vens, de mais a mais um pouco tragico. O que faz o amor!

--Americo! bradou Luiz quasi de todo exaltado.

--Começam as ameaças?

--E não ha duvida em que comecem tambem as obras. Retira-te, que já te não vejo. Não me provoques, porque te desprezo, como reptil asqueroso! Sahe! Não me obrigues a sujar a mão na lama que tens na cara!

--Luiz! gritou Americo, agarrando em um tinteiro.

--Canalha! bradou Luiz, estendendo-lhe a mão na face bronzeada, com a força d'um desesperado.

Estava travada a lucta. O mulato tinha mais força physica, mas Luiz possuia mais força moral e era mais corajoso. Aquillo foi um vulcão que se accendeu subitamente. Um instante depois estavam enlaçados um no outro, n'uma lucta medonha, incrivel e desesperada. Sentiam apenas o ruido dos pés, movendo-se aos impulsos fortes de um e outro lado, e a respiração abafada de cada um dos contendores. Americo só tentava lançar Luiz a terra, este porém resistia valentemente. E n'um momento favoravel atirou um murro ao infame que lhe fez logo brotar o sangue do nariz. O mulato enfureceu-se pela dôr e pelo orgulho, exasperou-se damnadamente, e atirou as mãos ao pescoço de Luiz, n'uma expressão de raiva desmarcada, no intento mesmo de o estrangular.

E de certo o teria feito; sem duvida, seriam funestas as consequencias d'aquella contenda se não fosse a apparição, no momento fatal, de um homem, cujo olhar quasi paralysou completamente a acção do mulato.

Era o cabinda, era o velho, mas sympathico, o negro, mas dedicado, o escravo, mas d'alma grande.

O negro vinha encarregado d'entregar a Luiz a carta de Jorge de Macedo. Muito contente da sua missão, porque lhe dizia o coração que se andava tratando da ventura de sua filha, o negro transpoz apressadamente a distancia que vae do Botafogo ao Rio, á rua dos Pescadores.

Chegou, entrou, dirigiu-se á porta do escriptorio, tranquillo, socegado, contente, sem sequer se lembrar da scena que ia encontrar. Quando deu com os olhos nos dous, que ferozmente se debatiam, sentiu um como abalo electrico interior e não esperou por mais nada. Atirou-se em seguida ao mulato, que lançava as mãos ao pescoço de Luiz, agarrou-o pela gola do casaco, deu-lhe um fortissimo puxão e elle, largando Luiz, mais com receio do cabinda do que por vontade propria, foi cahir ao chão no meio do escriptorio.

--O negro cá está! bradou o cabinda.

--Não preciso de ti! acudiu Luiz.

--Só assim! murmurou Americo, espumante de raiva.

--Agora, meu branco, isto, que manda o senhor! disse o negro desprezando Americo, que tentava levantar-se, e entregando a Luiz a carta de Jorge.

--E a senhora moça? interrogou Luiz.

--Tem chorado muito; o branco não gosta d'ella, não!

--Vêl-o-has, cabinda!

E procedeu á leitura da carta de Jorge.

Ao terminar, tinha uma como nuvem diante dos olhos. Pareceu-lhe que uma grande tempestade se ia desencadear sobre a sua cabeça. E o que tinha fóra de toda a duvida é que era chegado o dia em que tinha de decidir-se a sua sorte. Mas se, por um lado, o apoquentavam os receios de não conseguir a suspirada felicidade, tinha, pelo outro, a consolação da tranquillidade da consciencia.

O mulato, entretanto, havia-se levantado, e dispoz-se a sahir, dizendo:

--Contra dous não posso, mas hei-de vingar-me!

--Nem contra um! a tua causa é a primeira a ser contra ti, canalha! bradou Luiz.

--O negro póde muito, o mulato bem o sabe.

--Deixemos agora as questões. O snr. Macedo convida-nos a irmos immediatamente ao Botafogo, para tratarmos negocios d'importancia. Quem sabe se será para nos julgar? Como nada receio, vou já. Convido-o; faço o meu dever, e nada mais.

--Ah! o branco é bom, ha-de ser feliz e a minha filha tambem. Depois que importa que o velho cabinda morra? morre contente, porque deixa contente a sua filha!

E o velho escravo seguiu Luiz, emquanto que Americo ficava limpando o sangue, que ainda, como signal da lucta em que se empenhára, lhe corria do nariz.

Aquelle convite de Jorge de Macedo fôra um incendio, que crestára todas as esperanças ao mulato. Para elle era inevitavel que não só não conseguia nada, senão tambem que estava perdido, porque Jorge havia de fazer justiça, castigando-o.

Pensou primeiro em fugir, mas depois achou que semelhante partido ainda mais o condemnaria, porque seria mais uma prova da sua culpabilidade, e dispoz-se a soffrer tudo.

Assim, emquanto que Luiz ia ganhando novas esperanças, emquanto atravez das nuvens que lhe toldavam o horisonte ia como que descortinando a luz brilhante, formosa e esplendida da felicidade que tanto sonhára, ia o mulato convencendo-se de que a Providencia vela sempre pelos bons e pelos justos, de que o mal tem sempre o seu castigo do mesmo modo que todo o bem é premiado.

Para um iam desabrochando, embora receiosas e timidas, as flores, cujos perfumes embriagam a vida.

Para outro, os espinhos que magoam, e ferem, e doem a todos os momentos.

E Magdalena, o nosso anjo, Magdalena, a formosa, esperava no entanto, cheia d'anciedade, pela chegada dos dous e pelo resultado d'aquella conferencia que ia ter logar agora.

O que lhe dizia o coração nos sobresaltos com que a agitavam?

O que lhe dizia a alma na esperança que a enflorava?

Tudo lhe dizia amor, ventura e ternuras!

Tudo lhe fallava de felicidades, porque era bondosa, meiga, innocente, candida, e sobretudo, porque era boa filha, porque nunca déra um desgosto áquelle que a mirava doudo d'amor!

XVIII

Muito terrivel é a situação de quem espera, esperando debaixo do pezo d'uma duvida!

A duvida dá ao coração as alternativas da esperança e do receio; da esperança, que faz das horas seculos, do receio, que faz das horas instantes rapidissimos; da esperança, que arrebata com sonhos de dourado enlevo, do receio, que fere com os espinhos d'uma perspectiva má e triste.

Esperar, d'este modo, é esperar entre a lucta de dous sentimentos oppostos, que se degladiam heroicamente, braço a braço, corpo a corpo, sem se fatigarem, sem succumbirem, sem cederem um ao outro um palmo de terreno, ambos egualmente potentes, ou egualmente fracos, porque nem um cede, nem o outro vence, e porque um e outro exercem egual predominio no espirito, embora oppostamente.

O coração prende-se, durante um momento, nos arrobos da esperança, nas delicias suaves de quem vê realisado um desejo muito grande de grande ventura, para no momento immediato se embrenhar nas mil veredas tortuosas, nos muitos pezares e na grande tristeza em que se desata a ideia, o receio de que aborte essa esperança, de que não tenha uma realidade a aspiração que lá se gerou e n'elle vive, como pomba dentro do seu ninho.

Magdalena estava sentindo tudo isto, esperando por Luiz e Americo, que seu pae mandára chamar, depois d'aquella scena de lagrimas em que a vimos.

Tinha d'um lado a esperança de que tudo se harmonisaria, e satisfatoriamente para todos, e que seu pae lhe restituiria Luiz, que ella amava ainda muito, apezar de tudo, e com elle a ventura, o affecto, os carinhos, o socego, as meiguices, os extremos, por que tanto almejava o seu coração, tão viçoso e tão sedento!

Do outro, o receio de que essa esperança não germinasse um unico encanto, um unico perfume; de que o sonho ridente da suspirada felicidade se esvaecesse, como nuvem de fumo leve nas azas da viração do sul!

No meio de tudo isto, Jorge pensava na felicidade da filha, como pae mais que muito affectuoso, e no meio decente de castigar dos dous, d'Americo e de Luiz, aquelle que fosse criminoso perante o tribunal e o juizo recto da sua impolluta consciencia.

Os dois associados do honrado capitalista e negociante, vinham, separados, a caminho do Botafogo, phantasiando o que iria passar-se, embrenhando-se em mil conjecturas, sobre diversos assumptos, como causa provavel do seu chamamento, mas sempre fugindo-lhes o espirito para a ideia de que ia tratar-se do succedido, com relação á formosa Magdalena.

Até o velho Cabinda, que acompanhava Luiz no vapor da carreira, até esse ia embebido com a ideia da ventura da sua filha querida, da sua adorada senhora moça, que era n'este mundo a ideia que mais o prendia, enlevava e dominava!

O pobre do negro consentiria tudo; no que não consentiria de modo nenhum, e para isso era até capaz de dar a vida, era em que o mulato vencesse Luiz, em que Americo conseguisse os seus intentos, não só porque, por uma d'estas immensas sympathias, que se não podem explicar, era altamente affeiçoado a Luiz, ao branco, como elle dizia, senão tambem, porque, oppostamente, odiava Americo com odio de morte, sobretudo depois dos ultimos acontecimentos, e talvez por motivos de antipathia e de raças.

Os tres, Luiz, Americo e o cabinda, chegaram ao Botafogo, por volta das oito horas, e quasi ao mesmo tempo. O negro e Luiz foram os primeiros, mas o mulato não se fez esperar.

O velho escravo dirigiu-se para a cosinha, pela escadaria da rectaguarda do palacete, emquanto Luiz era introduzido na sala, e encontrou na varanda Magdalena, que o esperava n'uma indescriptivel anciedade.

Magdalena tinha ainda nos olhos os vestigios das lagrimas recentes, no rosto a pallidez do desgosto que soffrêra, e a expressão do seu estado d'excitação, e nas ondulações do seio os signaes evidentes do agitamento das ondas interiores.

No entanto, bella sempre, sempre formosa, sympathica, attrahente!

Apenas avistou o negro, correu pressurosa a vir esperal-o ao topo da escadaria.

Elle sorriu-lhe n'uma expressão de dedicação.

--Então, cabinda? interrogou ella subitamente.

--O branco veio, senhora moça,

--E aonde está?

--Na sala grande que deita para o jardim.

--E vem contente?

--Ha-de estal-o. O coração do negro não mente nunca.

--Vieste com elle?

--Vim, minha filha.

--E Americo?

--Tambem vem! O mulato brigava com o branco no escriptorio, quando o negro chegou, mas o cabinda prendeu-o pelo pescoço e deitou-o ao chão.

--Ao mulato? perguntou assustada.

--Sim.

--Mataste-o?

--Não, senhora moça, mas o negro estrangula-o se o mulato continua!...

--Eu quero-te prudente, cabinda!

--E o negro quer feliz o branco e a sua senhora moça!

--E elle? interrogou Magdalena com anciedade.

--O branco? não soffreu nada. Mas para que a cobra não assalte o ninho da jurity ou do beija-flor, é preciso esmagal-a ou mandal-a para longe. A minha filha comprehende?

--Comprehendo, cabinda. Meu pae lá está; a verdade ha-de brilhar como o diamante na mina, e Deus ha-de castigar o culpado.

--Oh! exclamou o negro, ébrio d'alegria; oh! e como o negro ha-de rir de contente, quando a senhora moça lhe disser que é feliz! O cabinda até ha-de dançar o batuque!

--Velho tonto! exclamou Magdalena risonha e altamente enthusiasmada com o jubilo do bom escravo.

Emquanto, porém, este colloquio tinha logar na varanda da rectaguarda do palacete de Jorge, entrava Americo para a sala da frente, onde Luiz permanecia só, esperando pelo capitalista.

Os dous estavam de novo, frente a frente. Ambos opprimidos, receiosos ambos, sem a certeza do que se ia passar, do que se ia decidir alli, olharam um para o outro, ambos n'uma expressão de duvida, mas sem trocarem uma unica phrase, uma unica palavra.

O receio, pelo qual, cada um d'elles, era dominado, tinha origens diversas e faceis de explicação.

Luiz não receiava pelo seu procedimento, porque bem alto lhe fallava a sua consciencia; temia, sim, que de todo se perdesse a melhor occasião, qual a que se lhe proporcionava, agora, de realisar o sonho ardente da felicidade por que suspirava com tanta loucura.

Americo, esse receiava o castigo da sua infame tentativa, porque uma voz intima lhe segredava que todo o seu procedimento era reprehensivel, indigno e injustificavel.

Ainda assim, nem um nem outro tinham a certeza do negocio que alli os reunia, e isto dava ao mulato a esperança de que se agora não fosse fulminado, ainda poderia tentar o conseguimento dos seus fins, ou pelo menos indispor de todo Luiz e Magdalena.

Estava uma tarde explendida.

Os raios do sol vivo, que docemente ia descendo ao seu occaso, projectavam-se brilhantes no jardim, sobre que abriam as janellas da sala, onde esperavam Americo e Luiz, e imprimiam nas rosas brancas e nos jasmins perfumados uns reflexos da sua côr avermelhada e tropical.

Zumbiam as vêspas nos trançaes dos maracujás, volitavam rapidos, de flôr em flôr, deixando beijos em toda a parte, uns mimosos e pequeninos beija-flores, e cortavam o espaço, em mil caprichosas linhas, ora subindo, ora descendo, ora rapidas, ora vagarosas, algumas borboletas de tamanhos variados e côres vivas e formosas.

Lá ao longe, entre as folhas verdes do capim, andavam arraiando amores as juritys mimosas.

Luiz e Americo, cada um em sua janella, parecia estarem ambos embebidos na silenciosa contemplação das bellezas da natureza, do explendido quadro que tinham diante dos seus olhos, expressivamente scismadores. Longe, porém, e muito longe, estavam elles, dos encantos que alli se desenrolavam, e que, sem duvida, inspirariam muito a alma sensivel e contemplativa d'algum poeta ou d'algum artista.

Estavam, pois, assim, quando de subito se abriu uma porta, que, da sala espaçosa, ricamente mobilada e adornada, dava passagem para o interior da casa.

Os dous voltaram-se immediatamente, e ao mesmo tempo, dirigindo-se ao personagem que entrava.

Era Jorge de Macedo.

Trazia no rosto a expressão da affabilidade, mas ainda assim, carregada com as linhas sombrias d'uma severidade mal disfarçada. Quatro olhos se cravaram nos d'elle, como para traduzirem alguma cousa, os olhos de Luiz e d'Americo.

Seguiram-se os cumprimentos indispensaveis, de respeito e de boa cortezia.

Os dous, cada um pelo seu lado, haviam percebido que Jorge de Macedo não estava no seu estado normal, e os traços de mudança que lhe soletraram no semblante, mais se inclinavam para uma certa tristeza, para uma vaga melancolia, para o que quer que é d'um desgosto, embora pequeno ou mal traduzido, do que para a indicação d'uma irritação, d'uma exaltação, que rompesse em asperezas ou se desatasse em colericas insinuações.

Agora é que mais que nunca o receio os dominava. E o mulato, se não fôra a lembrança de que commetteria um acto d'inqualificavel cobardia, que mais provaria ainda contra o seu procedimento, decerto teria fugido, para nunca mais apparecer.

Teve tentações de fazel-o.

Era a propria consciencia que o estava accusando d'aquelle modo! Bastava a presença do juiz que ia julgal-o para o fazer tremer!

Luiz esperava receioso, mas resignado. E diante dos seus olhos surgia ainda formosa, explendida, encantadora, a imagem de Magdalena, que elle adorava muitissimo.

E na sua consciencia só tinha o espinho d'um remorso a magoal-o! Era o de haver tão impensadamente, quasi que insultado a mulher a quem desejaria agora lançar-se aos pés, implorando, humilde, um perdão para os arrebatamentos que lhe fizeram, a ella, derramar tão amargas e sentidas lagrimas.

E Magdalena?

E o cabinda?

O que faziam os dous, agora, no momento em que talvez se fosse decidir da ventura d'aquella e d'alegria intima dos ultimos dias da velhice d'este?

Depois do dialogo travado na varanda, foram ambos cautelosamente collocar-se atraz d'uma porta fechada, que communicava com a sala grande, onde se achava Jorge, com Luiz e Americo, a fim de verem se era possivel escutarem o que se passava.

Chegaram no momento em que terminavam os cumprimentos dos dous socios do capitalista, e quando este delicadamente lhes offerecia duas cadeiras, collocadas ao lado do sophá, onde tomou assento tambem.

Jorge ficou, assim, entre os dous; Luiz á direita e Americo na esquerda.

Houve um momento de silencio.

Os dous esperavam d'olhos cravados no chão. Jorge dispunha-se para começar, e dentro, Magdalena e o cabinda, tentavam abafar a respiração para que nem essa trahisse a sua presença, alli, atraz da porta que os escondia, mas que os devia deixar ouvir tudo.

Que contrastes no intimo de cada um d'aquelles individuos! Que mares, tão diversos nas suas agitações, no seio de cada um d'aquelles personagens!

XIX

Sentaram-se os tres, e houve, como já dissemos, um momento de silencio completo, em que até pareciam sustidas as respirações.

Depois, Jorge esfregou vagarosamente as mãos nos joelhos, gesto este, que póde talvez traduzir-se por uma certa repugnancia, ou por uma certa difficuldade em abrir a conferencia, para a qual havia chamado os seus recentes socios, e em seguida começou assim, com ar de gravidade:

--Devo principiar por pedir-lhes desculpa de os haver incommodado, mas tenho para mim, em tanta conta, em tanta gravidade, em tanta ponderação, o negocio que me obrigou a chamal-os agora aqui, que o não fazel-o poderia talvez importar-me um desgosto, que d'este modo me pouparei, creio-o. Resumirei em poucas palavras o que tenho a dizer, porque quero limitar-me, apenas, a descobrir a verdade. Sou infelizmente viuvo, mas sou pae. Choro, por um lado, as lagrimas da saudade, mas tenho, graças ao céo, por outro, um anjo que m'as dulcifica. Fui rapaz, tive a minha mocidade, com todos os sonhos, com todos os arrebatamentos, com todas as illusões, com todos os euthusiasmos que lhe são proprios, e nos quaes se desata a effervescencia do sangue dos vinte annos. O livro da minha vida d'então, escripto, capitulo a capitulo, não tinha, nunca teve, uma unica pagina maculada por uma nodoa, leve e pequenina que fosse. Mesmo nos delirios da minha juventude timbrei sempre em conservar intacta a pureza do meu nome, e jámais tentei realisar uma aspiração grande ou pequena, boa ou má, por meios que me fizessem soffrer a dignidade, ou ferissem a minha honra. Trabalhei para chegar ao que sou, e o bom nome que creio gosar, agora, não é mais que o nome grangeado então. N'esse tempo a ambição era egual á lealdade, se é que a ambição já existia n'um grau tão elevado como actualmente, mas ainda assim, nunca tão corrompedora, como na época que vamos atravessando. Agora mudaram as cousas, e é d'isso que me queixo. Visa-se ao alvo e ha-de chegar-se lá, custe o que custar, pouco importam os meios.

E Jorge fez uma pequena pausa, como que para descançar. Via-se que estava sensibilisado, commovido ou nervoso.

Os dous conservavam-se impassiveis, attentos, de fronte humildemente abatida. Agora já não tinham que duvidar; era a elles que se dirigia todo o discurso de Jorge de Macedo, que proseguiu momentos depois:

--Tratei-os sempre bem, sempre, mais como amigos, como parentes, como affeiçoados meus, do que como subordinados ao meu serviço. Para prova do muito que julgava merecerem-me, sentei-os ha dias á minha meza, n'uma festa intima, puramente familiar, no intuito, que realisei, de os fazer partilhar da minha sorte, fazendo-os socios meus.

--Eu, pela minha parte, senhor, serei eternamente agradecido ao muitissimo que devo a V.ª Ex.ª, acudiu Luiz.

--E eu... ia Americo a ajuntar tambem, quando Jorge o interrompeu continuando:

--Perdão! Será talvez assim, mas n'esse caso estou então illudido, porque para mim, um dos senhores, pelo seu comportamento, desdiz completamente do conceito que me... devia.

--V.ª Ex.ª deve, sem duvida, ter muitissima razão para fallar d'esse modo, e bom será que nos julgue, para que só o culpado soffra o castigo, atalhou Luiz.

--As justificações depois. Ouçam-me por emquanto e depois terão a palavra. Cheguei hoje do Rio, contente e feliz, esperando, pelo costume, vir encontrar, do mesmo modo, minha filha, que adoro com a loucura de pae que não tem outra, que não tem mais familia. Eu, que já me vejo mais perto do tumulo do que do berço, viuvo, e por consequencia, sem os consolos, sem as delicias com que sempre nos embriagam os corações d'aquellas que se unem a nós, partilhando da nossa vida, affiz-me aos carinhos e aos consolos da filha unica, que n'este ponto valia bem a chorada mãe, e costumei-me a pagar-lh'os sempre, trabalhando constantemente por em todos os sentidos lhe abrir caminhos, onde só desabrochassem flores e onde nunca viçasse um espinho. Consegui-o durante muitos annos, em que nunca uma nuvem, a não ser a da saudade que ambos cultivavamos pela rosa que Deus chamára a si, obscureceu levemente o céo da nossa vida. Prometti, no leito de morte da minha adorada Beatriz, que faria tudo para que Magdalena fosse ditosa. O céo tem-se empenhado em auxiliar-me no cumprimento da minha promessa, porque até hoje ainda Magdalena não derramou uma unica lagrima, ainda não teve um queixume para me lançar no coração. Sorria-me esta ideia da felicidade de minha filha, que era a da minha felicidade tambem, e era por isso que ao entrar e ao sahir de casa, em cada dia, eu o fazia contente, ébrio mesmo d'uma alegria que não me passou nunca pela mente, que podésse toldar-se ou ennublar-se. Não succedeu, porém, assim; e hoje, quando regressava, ancioso por lhe pagar em beijos os beijos e os affagos com que era costume esperar-me ella, venho encontral-a chorando triste e dolorosamente, proclamando-se desgraçada, a filha querida do meu coração. As suas lagrimas quasi que me fizeram succumbir. Não as esperava, não desejára esperal-as. Era, havia muitos annos, o primeiro momento de turtura que eu soffria...

E Jorge tinha as lagrimas nos olhos. Fez uma pequena pausa para desatar a voz que se lhe ia prendendo na garganta, e proseguiu:

--Interroguei-a com a brandura de quem é prudente, com a dôr de quem como eu a idolatrava tanto e com a curiosidade de quem tudo desejava saber, para tudo remediar se fosse possivel. Oh! o que eu soffria então! Porque angustias não passei durante os curtos momentos, que me valeram muitos seculos, antes de me revelar a verdade!

--E descobriu-a, não? interrogou Luiz subitamente.

--Não sei. Contou-me Magdalena uma historia, em que figuram, como principaes personagens, os dous homens que ha poucos dias sentei á minha meza para os associar, no negocio, ao meu nome. Soffri ainda mais!

--E... ia Luiz a interromper, quando Jorge continuou:

--Conclui que ambos a pretendiam, mas que nem ambos empregavam, para isso, meios muito honrosos.

O mulato estava tremendo de receio. Luiz sentia-se cada vez maior senhor de si.

--Perdão, senhor, da minha parte todos o eram. E se algum de nós procedia menos dignamente não era de certo eu, juro-o, disse Luiz com convicção.

--Eu tambem... acudiu Americo sem poder concluir.

--Qual dos dous convidou minha filha a uma entrevista junto ao lago a horas adiantadas da noute?

--Eu não, senhor, afirmou Luiz.

--Fui eu... disse o mulato a custo.

--E com que fim?

--Fallar-lhe... apenas, respondeu o mulato.

--Então não foi para lhe entregar uma carta do senhor Luiz?

--Minha? Não podia ser, disse este, levantando-se. Saiba V. Ex.ª que este senhor mentiu ou abusou, se disse ou pretextou semelhante cousa. E peço licença para dizer duas palavras. Vivo ha perto de doze annos com V. Ex.ª e nunca, creio eu, lhe dei motivos para uma censura, para uma queixa, para uma reprehensão. A minha vida modelou-se, no tocante a honra, a dignidade, a caracter, a tudo, emfim, pela de V. Ex.ª que bem digna foi sempre, e é, de ser imitada. Fui sempre respeitoso e submisso, sempre, e não seria no momento em que V. Ex.ª me deu uma grandissima prova da sua estima, que eu por um acto menos digno lançaria em terra, desfeito, desmoronado, um edificio que tanto tempo levou a construir. Com relação á filha de V. Ex.ª o meu procedimento não me será lisongeiro talvez, mas tambem não é infame. Na tarde do dia em que tive a honra de sentar-me á sua meza, passeiava ao lado da bondosa filha de V. Ex.ªpelas alamêdas do jardim, emquanto V. Ex.ª e este senhor conversavam tomando café. A nossa conversação tomou o caminho que sempre segue entre pessoas de vinte annos. Achei-a então formosa de corpo e formosissima d'alma. Não resisti aos impulsos do coração que se abria com as suas palavras, que desabrochava subitamente com o sol dos seus olhares, e disse-lhe que a amava. Confessou-me tambem que nunca um homem a impressionára e que... tambem se inclinavam para mim as flores do seu affecto. Eu fallei então tão verdadeiramente, como o estou fazendo agora a V. Ex.ª Parti. No dia seguinte, creio eu, recebi um bilhete de D. Magdalena, com duas phrases, filhas do seu sentimento, a que respondi com dignidade e affecto tambem. Impellia-me o coração e era valente de mais para que eu lhe resistisse. Quando V. Ex.ª me encarregou de ir a Macahé tornei a escrever-lhe e dei a carta a um dos negros do armazem. Não sei se D. Magdalena a recebeu. O que sei é que este homem, com o qual nunca mais poderei viver, desde o momento em que conheceu que a filha de V. Ex.ª me levantava até ella com o seu amor, começou a fazer-me uma guerra de morte, uma guerra declarada, protestando que a filha de V. Ex.ª seria para elle e nunca para mim. Tivemos algumas altercações violentas. Quando regressei de Macahé, ancioso de vêr D. Magdalena, e contentissimo de bem ter desempenhado a minha missão, surge-me este senhor, apresenta-me um bilhete d'ella, em que lhe concede uma entrevista para horas adiantadas da noute, e uma fita dos cabellos d'ella que realmente reconheci. Não sei mais nada. Julguei a filha de V. Ex.ª uma creança caprichosa, e hoje, talvez excessivamente desesperado, porque devéras me doía o coração, vim a esta casa e... disse á filha de V. Ex.ª que estimava que fosse feliz, mas que me esquecesse. Ainda assim Deus sabe o sacrificio que fiz n'este ultimo acto. O meu resentimento era, porém, tão grande, que não pude ser-lhe superior. E para tudo dizer a V. Ex.ª confesso que me arrependi logo, porque creio agora que a filha de V. Ex.ª é uma bondosa e sincera menina e que aqui, em tudo isto, só andou uma infamia, uma indignidade da parte d'este homem, com que já hoje tive uma séria altercação. Amo ainda, e muito, a filha de V. Ex.ª É destino meu e não posso fugir-lhe. Agora veja V. Ex.ª o que ha de censuravel e indigno em tudo isto e condemne-me se o julgar conveniente. Esta é a verdade e não fujo a confessal-a, por todos os motivos, mas sobretudo, sendo V. Ex.ª a pessoa a quem devo tanto e tanto.

--Eu sei tudo. É um cavalheiro o senhor Luiz. Dê-me a sua mão, quero apertal-a como a de um grande amigo.

Jorge e Luiz estavam commovidos. O mulato olhava atterrado para a porta, com horriveis tentações de fugir. O seu castigo começava alli.

--Eu sei tudo, continuou Jorge, porque nada me occultou Magdalena. E como a felicidade de minha filha é tambem a minha, ella é que hade vir terminar esta nossa conferencia.

Magdalena, que tudo ouvira, occulta atraz da porta aonde a deixamos, não se fez chamar; correu logo, ébria de alegria, e lançou-se nos braços de Jorge, gritando:

--Obrigada, papae! Obrigada, papae!

--Diz-me, interrogou-a elle, gostas muito do senhor Luiz, não é assim?

--Muito!... murmurou, ruborisada de pejo.

--Crês que has-de ser, com elle, tão feliz como desejo que tu o sejas, não?

--Muito, e só com elle.

--Bem. O senhor Americo, como recompensa do seu procedimento pouco digno, queira retirar-se e esperar ámanhã as minhas ordens no armazem. Limito-me a isto, porque não quero fazer mais no dia em que o céo me abre na terra a felicidade de minha filha.

O mulato tinha os olhos cravados no chão. Tomou o chapéu, volveu-se e sahiu vagarosamente, como que arrastado por uma força que tentasse tiral-o do logar onde o chumbava não sei que sentimento.

Quando transpôz a porta, pendiam-lhe dos olhos duas grossas lagrimas.

Seriam de vergonha?

Seriam de remorsos?

Seriam de odio?

Não sei.

Talvez de tudo isto juntamente, quem sabe?

Instantes depois, entrava o cabinda como doudo na sala e ia ajoelhar-se aos pés de Jorge, beijando-lhe phreneticamente as mãos e exclamando em extrema commoção:

--Bem haja, meu senhor, bem haja, que fez feliz o branco e a filha do cabinda!

Quando as primeiras sombras da noute desciam suavemente sobre a terra, andavam Luiz e

Magdalena passeiando no jardim entre as flores, irmãs d'ella, entre os perfumes suaves, como os que então se evaporavam das rosas brancas de suas almas enamoradas.

Fez-se alli o primeiro idyllio do seu noivado.

Já dormiam as juritys nos ninhos avelludados, e os beija-flores, cançados de oscularem as rosas, mas substituiam-os, alli, duas almas prezas nos laços dulcissimos d'uma embriagadora felicidade.

XX
CONCLUSÃO

Tres mezes depois o altar havia santificado o mutuo amor de Luiz e Magdalena.

O ninho de Jorge de Macedo abrigava mais uma ave; o bondoso capitalista, tinha, agora, em vez d'uma filha, dous filhos queridos.

Era duplamente feliz.

Luiz tomára sobre si todo o pezo e toda a responsabilidade dos negocios do honrado negociante, para que este descançasse, e desempenhava-se de tal modo de seus encargos, que nada havia por que merecesse uma censura.

Magdalena era feliz e muito feliz.

Ainda hoje, os dous esposos, se reunem em cada tarde no caramanchão de maracujás do lago da chácara, no Botafogo, e ahi passam horas e horas, enlevados nas dulcissimas venturas da sua vida, que tem mais do céo do que da terra.

Ha alli um novo Eden.

Americo sahiu do Rio de Janeiro no dia immediato áquelle em que foi forçado a desafivelar a mascara com que pretendia encobrir a sua ambição; n'aquelle em que foi expulso da casa do homem a quem devia muito, e ninguem mais o viu ou deu noticias d'elle.

Corria muito vagamente que andava desgraçadissimo na America do Norte, dizendo-se que fugira para lá.

Não sei. Talvez.

O cabinda, coitado, morreu de velhice, exalando o ultimo alento nos braços de Jorge, de Luiz e de Magdalena, que lhe cercavam o leito e o não desampararam nos dias de enfermidade.

Lembrou-se, no momento extremo, da sua parceira e dos filhos queridos, a quem, dizia, se ia juntar, mas desprendeu a alma do involucro terrestre, beijando risonho, como o justo que antevê o céo, as mãos dos seus tres amigos, e dizendo como que em signal de agradecimento, pelo modo distincto e humanitario com que sempre foi tratado:

--Bem haja, meu senhor! O negro lá ha-de dizer á sua senhora que o branco fez o que prometteu. Tratou bem o negro e fez feliz a FILHA DO CABINDA.

FIM

Porto--*Imprensa Portugueza*, Bomjardim, 181.

N. B. A propriedade d'este romance no Brazil, pertence a Antonio Teixeira Carneiro de Campos, do Rio de Janeiro

www.ingramcontent.com/pod-product-compliance
Lightning Source LLC
Chambersburg PA
CBHW030342030726
47499CB00003B/877